U0463161

胡中山　张文德　主编

中华传统节日

古诗词精选

传统文化经典诵读手册

编　钱进　赵鹏　汪颖◎编审　康秀玲

南京大学出版社

图书在版编目(CIP)数据

中华传统节日古诗词精选 / 胡中山，张文德主编.
—南京：南京大学出版社，2025.3
(中华传统文化经典诵读手册 / 钱进，赵鹏，汪颖主编；1)
ISBN 978 - 7 - 305 - 24999 - 0

Ⅰ. ①中… Ⅱ. ①胡… ②张… Ⅲ. ①古典诗歌—诗
集—中国 Ⅳ. ①I222

中国版本图书馆 CIP 数据核字(2021)第 194050 号

出版发行　南京大学出版社
社　　址　南京市汉口路 22 号　邮　　编　210093
套 书 名　中华传统文化经典诵读手册
套书主编　钱　进　赵　鹏　汪　颖
书　　名　中华传统节日古诗词精选
ZHONGHUA CHUANTONG JIERI GUSHICI JINGXUAN
主　　编　胡中山　张文德
责任编辑　高　军　钱梦菊　　编辑热线　025 - 83592146
照　　排　南京开卷文化传媒有限公司
印　　刷　南京京新印刷有限公司
开　　本　787 mm×1092 mm　1/32　印张 2.5　字数 35 千
版　　次　2025 年 3 月第 1 版　2025 年 3 月第 1 次印刷
ISBN　978 - 7 - 305 - 24999 - 0
定　　价　60.00 元(全 6 册)

网　　址：http://www.njupco.com
官方微博：http://weibo.com/njupco
微信服务号：njuyuexue
销售咨询热线：(025)83594756

前　言

　　呈现在各位老师和同学面前的是江苏师范大学组织编写的一套系列诵读手册,共有六册,分别是《中华传统节日古诗词精选》《歌咏徐州古诗词精选100首》《飞花令选录诗词》《中华经典诗词曲目》《诗词联格律概要》和《中国现当代诗歌中的党史》。这是我校多年"中华母语节"活动的成果集萃。

　　这套手册的编写,是我们实现高校对中华优秀传统文化传承发展的探索,是落细落小落实的举措。它的重要现实意义在于:坚定文化自信,提升大学生对中华优秀传统文化的认知度和接受度;深化博雅教育,提升大学生的人文情怀和审美品位;推进教学改革,着力探索中华优秀传统文化进校园进课堂的重点和支点。

　　我校的办学定位中特别强调了要建设"有品位"的高水平大学,确定了"守正出新,坚志勇为"

的校园精神,其中就蕴含着对于中华优秀传统文化要担负起继承和创新的历史使命,要培养具有较高品位的文化传播者和创新型人才。多年来,我们致力于将传统文化资源引入教育教学体系,开展了一系列创新性探索,例如合作举办海峡两岸大学生古典诗词联吟大会,研发创作汉风乐舞,在华佗"五禽戏"的基础上创意研发"中华五禽操",研究作为足球起源之一的汉代蹴鞠并重现蹴鞠竞赛场景,开设汉文化进校园系列课程等。这些探索体现了我们对于发挥现代大学的第四个功能——文化传承与创新的积极实践,也是我们在新的起点上再次出发的坚实基础。

文化先哲孔子曾说人才的成长应当"兴于诗,立于礼,成于乐"。让我们从欣赏古诗词出发,从党的百年奋斗征程中感悟,去进入中华优秀传统文化宝库,接受中华美学精神的濡染,感受红色革命文化的壮怀。唯有先筑牢民族传统文化根基,才能更加自信地参与世界不同文明的交流互鉴,也才能成为具备中华人文情怀和世界发展眼光的新时代建设者。

编 者

2025 年 1 月

目 录
contents

一、春 节

（元日、新年）

二、元宵节

（元夜、元夕、上元节）

三、寒食节

四、清　明

五、端　午

（端阳）

六、七 夕

七、中秋

（八月十五）

八、重阳

（九日、重九）

九、冬　至

十、除 夕

一、春节
（元日、新年）

1. 田家元日

［唐］孟浩然

昨夜斗回北，今朝岁起东。
我年已强仕，无禄尚忧农。
桑野就耕父，荷锄随牧童。
田家占气候，共说此年丰。

2. 新年作

［唐］刘长卿

乡心新岁切，天畔独潸然。
老至居人下，春归在客先。
岭猿同旦暮，江柳共风烟。
已似长沙傅，从今又几年。

中华传统文化经典诵读手册

第一册

3. 元　日

［唐］司空图

甲子今重数，生涯只自怜。

殷勤元日日，欹午又明年。

4. 元　日

［宋］王安石

爆竹声中一岁除，春风送暖入屠苏。

千门万户曈曈日，总把新桃换旧符。

5.【玉楼春】己卯岁元日

［宋］毛　滂

　　一年滴尽莲花漏，碧井酴酥沉冻酒。晓寒料峭尚欺人，春态苗条先到柳。

　　佳人重劝千长寿，柏叶椒花芬翠袖。醉乡深处少相知，只与东君偏故旧。

6. 元　日

［宋］陈与义

　　五年元日只流离，楚俗今年事事非。
　　后饮屠苏惊已老，长乘舴艋竟安归。
　　携家作客真无策，学道剜心却自违。
　　汀草岸花知节序，一身千恨独沾衣。

7.【蝶恋花】戊申元日立春席间作

〔宋〕辛弃疾

谁向椒盘簪彩胜,整整韶华,争上春风鬓。往日不堪重记省。为花长把新春恨。

春未来时先借问。晚恨开迟,早又飘零近。今岁花期消息定。只愁风雨无凭准。

8. 新　年

〔宋〕文天祥

梅花枕上听司晨,起绾金章候拜亲。喜对慈颜看铺鬓,发虽疏脱未如银。

9. 己酉新正

[元] 叶　颙

天地风霜尽，乾坤气象和。

历添新岁月，春满旧山河。

梅柳芳容稚，松篁老态多。

屠苏成醉饮，欢笑白云窝。

中华传统文化经典诵读手册
第一册

二、元宵节
（元夜、元夕、上元节）

10. 十五夜观灯

［唐］卢照邻

锦里开芳宴，兰缸艳早年。

缛彩遥分地，繁光远缀天。

接汉疑星落，依楼似月悬。

别有千金笑，来映九枝前。

11. 上元夜六首(其一)

［唐］崔　液

玉漏铜壶且莫催，铁关金锁彻明开。

谁家见月能闲坐，何处闻灯不看来。

中华传统文化经典诵读手册

第一册

12. 正月十五夜

［唐］苏味道

火树银花合，星桥铁锁开。

暗尘随马去，明月逐人来。

游伎皆秾李，行歌尽落梅。

金吾不禁夜，玉漏莫相催。

13. 正月十五夜灯

［唐］张　祜

千门开锁万灯明，正月中旬动帝京。

三百内人连袖舞，一时天上著词声。

14. 元夜即席

［唐］韩　偓

元宵清景亚元正，丝雨霏霏向晚倾。

桂兔韬光云叶重，烛龙衔耀月轮明。

烟空但仰如膏润，绮席都忘滴砌声。

更待今宵开霁后，九衢车马未妨行。

15. 正月十五夜闻京有灯恨不得观

［唐］李商隐

月色灯光满帝都，香车宝辇隘通衢。

身闲不睹中兴盛，羞逐乡人赛紫姑。

16.【生查子】元夕

［宋］欧阳修

去年元夜时，花市灯如昼。月到柳梢头，人约黄昏后。

今年元夜时，月与灯依旧。不见去年人，泪满春衫袖。

17.【青玉案】元夕

　　东风夜放花千树，更吹落，星如雨。宝马雕车香满路。凤箫声动，玉壶光转，一夜鱼龙舞。

　　蛾儿雪柳黄金缕，笑语盈盈暗香去。众里寻他千百度。蓦然回首，那人却在、灯火阑珊处。

18. 京都元夕

[金] 元好问

袨服华妆着处逢,六街灯火闹儿童。
长衫我亦何为者,也在游人笑语中。

19. 元　宵

[明] 唐　寅

有灯无月不娱人,有月无灯不算春。
春到人间人似玉,灯烧月下月如银。
满街珠翠游村女,沸地笙歌赛社神。
不展芳尊开口笑,如何消得此良辰?

20.【古蟾宫】元宵

［明］王　磐

听元宵，往岁喧哗，歌也千家，舞也千家。听元宵，今岁嗟呀，愁也千家，怨也千家。

那里有闹红尘香车宝马？只不过送黄昏古木寒鸦。诗也消乏，酒也消乏，冷落了春风，憔悴了梅花。

三、寒食节

21. 寒　食

[唐] 沈佺期

普天皆灭焰, 匝地尽藏烟。
不知何处火, 来就客心然。

22. 途中寒食题黄梅临江驿寄崔融

[唐] 宋之问

马上逢寒食, 愁中属暮春。
可怜江浦望, 不见洛阳人。
北极怀明主, 南溟作逐臣。
故园肠断处, 日夜柳条新。

23. 寒 食

［唐］孟云卿

二月江南花满枝,他乡寒食远堪悲。
贫居往往无烟火,不独明朝为子推。

24. 寒食（一作寒食日即事）

［唐］韩 翃

春城无处不飞花,寒食东风御柳斜。
日暮汉宫传蜡烛,轻烟散入五侯家。

25. 寒食日题杜鹃花

［唐］曹　松

一朵又一朵，并开寒食时。

谁家不禁火，总在此花枝。

26. 寒食夜有寄

［唐］韩　偓

风流大抵是倀倀，此际相思必断肠。

云薄月昏寒食夜，隔帘微雨杏花香。

27. 寒食新丰别友人

[唐] 赵 嘏

一百五日家未归，新丰鸡犬独依依。
满楼春色傍人醉，半夜雨声前计非。
缭绕沟塍含绿晚，荒凉树石向川微。
东风吹泪对花落，憔悴故交相见稀。

28. 寒食雨二首(其一)

[宋]苏 轼

自我来黄州，已过三寒食。
年年欲惜春，春去不容惜。
今年又苦雨，两月秋萧瑟。
卧闻海棠花，泥污燕脂雪。
暗中偷负去，夜半真有力。
何殊病少年，病起头已白。

29. 【木兰花】乙卯吴兴寒食

［宋］张　先

龙头舴艋吴儿竞，笋柱秋千游女并。芳洲拾翠暮忘归，秀野踏青来不定。

行云去后遥山暝，已放笙歌池院静。中庭月色正清明，无数杨花过无影。

30. 浣溪沙

［宋］李清照

淡荡春光寒食天，玉炉沉水袅残烟，梦回山枕隐花钿。

海燕未来人斗草，江梅已过柳生绵，黄昏疏雨湿秋千。

31. 寒食咏怀

[宋] 朱淑真

淮南寒食更风流,丝管纷纷逐胜游。
春色眼前无限好,思亲怀土自多愁。

32. 菩萨蛮

[清] 纳兰性德

阑风伏雨催寒食,樱桃一夜花狼藉。刚与病相宜,锁窗薰绣衣。

画眉烦女伴,央及流莺唤。半晌试开奁,娇多直自嫌。

四、清 明

33. 清明即事

［唐］孟浩然

帝里重清明，人心自愁思。

车声上路合，柳色东城翠。

花落草齐生，莺飞蝶双戏。

空堂坐相忆，酌茗聊代醉。

34. 阊门即事

［唐］张　继

耕夫召募逐楼船，春草青青万顷田。

试上吴门窥郡郭，清明几处有新烟。

35. 清　明

[唐] 杜　牧

清明时节雨纷纷，路上行人欲断魂。

借问酒家何处有，牧童遥指杏花村。

36. 鹊踏枝

[五代] 冯延巳

六曲阑干偎碧树，杨柳风轻，展尽黄金缕。

谁把钿筝移玉柱，穿帘海燕惊飞去。

满眼游丝兼落絮，红杏开时，一霎清明雨。

浓睡觉来慵不语，惊残好梦无寻处。

37. 清　明

[宋] 王禹偁

无花无酒过清明，兴味萧然似野僧。

昨日邻家乞新火，晓窗分与读书灯。

38. 采桑子

[宋] 欧阳修

清明上巳西湖好，满目繁华。争道谁家。
绿柳朱轮走钿车。

　　游人日暮相将去，醒醉喧哗。路转堤斜。
直到城头总是花。

39. 示张寺丞王校勘

［宋］晏　殊

元巳清明假未开，小园幽径独徘徊。
春寒不定斑斑雨，宿醉难禁滟滟杯。
无可奈何花落去，似曾相识燕归来。
游梁赋客多风味，莫惜青钱万选才。

40. 清　明

［宋］黄庭坚

佳节清明桃李笑，野田荒垄只生愁。
雷惊天地龙蛇蛰，雨足郊原草木柔。
人乞祭余骄妾妇，士甘焚死不公侯。
贤愚千载知谁是，满眼蓬蒿共一丘。

41. 清　明

［宋］陈与义

雨晴闲步涧边沙，行入荒林闻乱鸦。
寒食清明惊客意，暖风迟日醉梨花。
书生投老王官谷，壮士偷生漂母家。
不用秋千与蹴鞠，只将诗句答年华。

42. 清　明

［宋］高　翥

南北山头多墓田，清明祭扫各纷然。
纸灰飞作白蝴蝶，泪血染成红杜鹃。
日落狐狸眠冢上，夜归儿女笑灯前。
人生有酒须当醉，一滴何曾到九泉。

43. 苏堤清明即事

［宋］吴惟信

梨花风起正清明，游子寻春半出城。

日暮笙歌收拾去，万株杨柳属流莺。

44. 风入松

听风听雨过清明，愁草瘗花铭。楼前绿暗分携路，一丝柳、一寸柔情。料峭春寒中酒，交加晓梦啼莺。

西园日日扫林亭，依旧赏新晴。黄蜂频扑秋千索，有当时、纤手香凝。惆怅双鸳不到，幽阶一夜苔生。

五、端午
（端阳）

45. 端 午

[唐] 文 秀

节分端午自谁言，万古传闻为屈原。
堪笑楚江空渺渺，不能洗得直臣冤。

46.【浣溪沙】端午

[宋] 苏 轼

轻汗微微透碧纨，明朝端午浴芳兰。流香涨腻满晴川。

彩线轻缠红玉臂，小符斜挂绿云鬟。佳人相见一千年。

47. 渔家傲

［宋］欧阳修

五月榴花妖艳烘，绿杨带雨垂垂重。五色新丝缠角粽。金盘送，生绡画扇盘双凤。

正是浴兰时节动，菖蒲酒美清尊共。叶里黄鹂时一弄。犹瞢松，等闲惊破纱窗梦。

48.【忆秦娥】五日移舟明山下作

［宋］陈与义

鱼龙舞，湘君欲下潇湘浦。潇湘浦，兴亡离合，乱波平楚。

独无樽酒酬端午，移舟来听明山雨。明山雨，白头孤客，洞庭怀古。

49. 谢张仲谋端午送巧作

［宋］黄庭坚

君家玉女从小见，闻道如今画不成。
剪裁似借天女手，萱草石榴偏眼明。

50. 端　午

［宋］朱淑真

纵有灵符共彩丝，心情不似旧家时。
榴花照眼能牵恨，强切菖蒲泛酒卮。

51. 点绛唇

[宋] 张孝祥

萱草榴花,画堂永昼风清暑。麝团菰黍,助泛菖蒲醑。

兵辟神符,命续同心缕。宜欢聚,绮筵歌舞,岁岁酬端午。

52. 端午感兴

[宋] 文天祥

流棹西来恨未销,鱼龙寂寞暗风潮。

楚人犹自贪儿戏,江上年年夺锦标。

53.【小重山】端午

［元］舒　頔

　　碧艾香蒲处处忙。谁家儿共女,庆端阳?细缠五色臂丝长。空惆怅,谁复吊沅湘?

　　往事莫论量。千年忠义气,日星光。《离骚》读罢总堪伤。无人解,树转午阴凉。

六、七夕

54. 迢迢牵牛星

[汉] 无名氏

迢迢牵牛星，皎皎河汉女。
纤纤擢素手，札札弄机杼。
终日不成章，泣涕零如雨。
河汉清且浅，相去复几许！
盈盈一水间，脉脉不得语。

55. 七夕

[唐] 李商隐

鸾扇斜分凤幄开，星桥横过鹊飞回。
争将世上无期别，换得年年一度来。

56. 七 夕

〔唐〕徐 凝

一道鹊桥横渺渺,千声玉佩过玲玲。
别离还有经年客,怅望不如河鼓星。

57. 乞 巧

〔唐〕林 杰

七夕今宵看碧霄,牵牛织女渡河桥。
家家乞巧望秋月,穿尽红丝几万条。

58. 七　夕

[唐] 李　贺

别浦今朝暗,罗帷午夜愁。

鹊辞穿线月,花入曝衣楼。

天上分金镜,人间望玉钩。

钱塘苏小小,更值一年秋。

59. 秋　夕

[唐] 杜　牧

银烛秋光冷画屏,轻罗小扇扑流萤。

天街夜色凉如水,卧看牵牛织女星。

60. 乞巧词

〔唐〕施肩吾

乞巧望星河，双双并绮罗。

不嫌针眼小，只道月明多。

61.【鹊桥仙】七夕

〔宋〕秦　观

纤云弄巧，飞星传恨，银汉迢迢暗度。金凤玉露一相逢，便胜却人间无数。

柔情似水，佳期如梦，忍顾鹊桥归路。两情若是久长时，又岂在朝朝暮暮。

62.【鹊桥仙】七夕

［宋］范成大

双星良夜,耕慵织懒,应被群仙相妒。娟娟月姊满眉颦,更无奈风姨吹雨。

相逢草草,争如休见,重搅别离心绪。新欢不抵旧愁多,倒添了新愁归去。

63. 七　夕

［宋］朱淑真

拜月亭前梧叶稀,穿针楼上觉秋迟。

天孙正好贪欢笑,那得工夫赐巧丝。

七、中 秋
(八月十五)

64. 十五夜望月寄杜郎中

［唐］王　建

中庭地白树栖鸦，冷露无声湿桂花。
今夜月明人尽望，不知秋思在谁家。

65. 中秋月

［唐］白居易

万里清光不可思，添愁益恨绕天涯。
谁人陇外久征戍，何处庭前新别离。
失宠故姬归院夜，没蕃老将上楼时。
照他几许人肠断，玉兔银蟾远不知。

66. 中 秋

［唐］司空图

闲吟秋景外，万事觉悠悠。

此夜若无月，一年虚过秋。

67. 八月十五夜

［唐］徐 凝

皎皎秋空八月圆，常娥端正桂枝鲜。

一年无似如今夜，十二峰前看不眠。

68. 天竺寺八月十五日夜桂子

［唐］皮日休

玉颗珊珊下月轮，殿前拾得露华新。
至今不会天中事，应是嫦娥掷与人。

69. 中秋月

［宋］苏 轼

暮云收尽溢清寒，银汉无声转玉盘。
此生此夜不长好，明月明年何处看。

70. 水调歌头

〔宋〕苏 轼

明月几时有？把酒问青天。不知天上宫阙，今夕是何年。我欲乘风归去，又恐琼楼玉宇，高处不胜寒。起舞弄清影，何似在人间！

转朱阁，低绮户，照无眠。不应有恨，何事长向别时圆？人有悲欢离合，月有阴晴圆缺，此事古难全。但愿人长久，千里共婵娟。

71.【太常引】建康中秋夜为吕叔潜赋

〔宋〕辛弃疾

一轮秋影转金波，飞镜又重磨。把酒问姮娥：被白发欺人奈何？

乘风好去，长空万里，直下看山河。斫去桂婆娑，人道是清光更多。

72. 舟次中秋

[明]张煌言

淡荡秋光客路长，兰桡桂棹泛天香。
月明圆峤人千里，风急轻帆雁一行。
此夜衔杯惭庾亮，几年持斧笑吴刚。
观涛岂必钱塘去，碧海银潢自渺茫。

73. 古北口中秋

[清]曹　寅

山苍水白卧牛城，三尺黄旗万马鸣。
半夜澶州看秋月，河山表里更分明。

八、重 阳
（九日、重九）

74. 己酉岁九月九日

[晋] 陶渊明

靡靡秋已夕,凄凄风露交。蔓草不复荣,园木空自凋。清气澄余滓,杳然天界高。哀蝉无留响,丛雁鸣云霄。万化相寻绎,人生岂不劳。从古皆有没,念之中心焦。何以称我情,浊酒且自陶。千载非所知,聊以永今朝。

75. 蜀中九日登玄武山旅眺

[唐] 王 勃

九月九日望乡台,他席他乡送客杯。
人情已厌南中苦,鸿雁那从北地来。

76. 九月九日忆山东兄弟

[唐] 王 维

独在异乡为异客,每逢佳节倍思亲。
遥知兄弟登高处,遍插茱萸少一人。

77. 秋登兰山寄张五

[唐] 孟浩然

北山白云里,隐者自怡悦。
相望试登高,心飞逐鸟灭。
愁因薄暮起,兴是清秋发。
时见归村人,沙行渡头歇。
天边树若荠,江畔舟如月。
何当载酒来,共醉重阳节。

78. 九月十日即事

[唐] 李　白

昨日登高罢，今朝再举觞。

菊花何太苦，遭此两重阳。

79. 登　高

[唐] 杜　甫

风急天高猿啸哀，渚清沙白鸟飞回。

无边落木萧萧下，不尽长江滚滚来。

万里悲秋常作客，百年多病独登台。

艰难苦恨繁霜鬓，潦倒新停浊酒杯。

80. 九日题涂溪

［唐］白居易

蓄草席铺枫叶岸，《竹枝》歌送菊花杯。
明年尚作南宾守，或可重阳更一来。

81. 九日齐山登高

［唐］杜　牧

江涵秋影雁初飞，与客携壶上翠微。
尘世难逢开口笑，菊花须插满头归。
但将酩酊酬佳节，不用登临恨落晖。
古往今来只如此，牛山何必独沾衣。

82. 【醉花阴】九日

［宋］李清照

薄雾浓云愁永昼，瑞脑销金兽。佳节又重阳，玉枕纱厨，半夜凉初透。

东篱把酒黄昏后，有暗香盈袖。莫道不消魂，帘卷西风，人比黄花瘦。

83.【沉醉东风】重九

[元] 卢 挚

　　题红叶清流御沟,赏黄花人醉歌楼。天长雁影稀,月落山容瘦。冷清清暮秋时候,衰柳寒蝉一片愁,谁肯教白衣送酒?

84. 九　日

〔明〕文　森

三载重阳菊，开时不在家。

何期今日酒，忽对故园花。

野旷云连树，天寒雁聚沙。

登临无限意，何处望京华。

85.【采桑子】重阳

毛泽东

人生易老天难老，岁岁重阳。今又重阳，战地黄花分外香。

一年一度秋风劲，不似春光。胜似春光，寥廓江天万里霜。

九、冬 至

86. 冬 至

[唐] 杜 甫

年年至日长为客，忽忽穷愁泥杀人！
江上形容吾独老，天边风俗自相亲。
杖藜雪后临丹壑，鸣玉朝来散紫宸。
心折此时无一寸，路迷何处见三秦？

87. 邯郸冬至夜思家

[唐] 白居易

邯郸驿里逢冬至，抱膝灯前影伴身。
想得家中夜深坐，还应说著远行人。

88. 冬至日独游吉祥寺

〔宋〕苏　轼

井底微阳回未回，萧萧寒雨湿枯荄。
何人更似苏夫子，不是花时肯独来。

89. 冬　至

〔宋〕王安石

都城开博路，佳节一阳生。
喜见儿童色，欢传市井声。
幽闲亦聚集，珍丽各携擎。
却忆他年事，关商闭不行。

90. 辛酉冬至

〔宋〕陆　游

今日日南至,吾门方寂然。
家贫轻过节,身老怯增年。
毕祭皆扶拜,分盘独早眠。
惟应探春梦,已绕镜湖边。

91.【满江红】冬至

〔宋〕范成大

寒谷春生,熏叶气、玉筒吹谷。新阳后、便
占新岁,吉云清穆。休把心情关药裹,但逢节序
添诗轴。笑强颜、风物岂非痴,终非俗。

清昼永,佳眠熟,门外事何时足。且团圞同
社,笑歌相属。著意调停云露酿,从头检举梅花
曲。纵不能、将醉作生涯,休拘束。

十、除夕

92. 岳州守岁

［唐］张　说

除夜清樽满，寒庭燎火多。
舞衣连臂拂，醉坐合声歌。
至乐都忘我，冥心自委和。
今年只如此，来岁知如何。

93. 除　夜

［唐］曹　松

残腊即又尽，东风应渐闻。
一宵犹几许，两岁欲平分。
燎暗倾时斗，春通绽处芬。
明朝遥捧酒，先合祝尧君。

94. 除夜作

[唐] 高　适

旅馆寒灯独不眠,客心何事转凄然。
故乡今夜思千里,霜鬓明朝又一年。

95. 玉关寄长安李主簿

[唐] 岑　参

东去长安万里余,故人何惜一行书。
玉关西望堪肠断,况复明朝是岁除。

96. 除夜自石湖归苕溪

［宋］姜　夔

细草穿沙雪半销，吴宫烟冷水迢迢。

梅花竹里无人见，一夜吹香过石桥。

97.【鹧鸪天】丁巳除夕

［宋］赵师侠

爆竹声中岁又除。顿回和气满寰区。春风解绿江南树，不与人间染白须。

残蜡烛，旧桃符。宁辞末后饮屠苏。归欤幸有园林胜，次第花开可自娱。

98. 除　夜

［宋］朱淑真

穷冬欲去尚徘徊，独坐频斟守岁杯。

一夜腊寒随漏尽，十分春色破朝来。

桃符自写新翻句，玉律谁吹定等灰。

且是作诗人未老，换年添岁莫相催。

99. 除夜雪

［宋］陆　游

北风吹雪四更初，嘉瑞天教及岁除。

半盏屠苏犹未举，灯前小草写桃符。

100. 客中除夕

〔明〕袁　凯

今夕为何夕，他乡说故乡。
看人儿女大，为客岁年长。
戎马无休歇，关山正渺茫。
一杯柏叶酒，未敌泪千行。

后　记

　　人与人之间、民族与民族之间的和谐美满的愿景、贵和尚美等民族精神往往体现在各民族的传统节日中。节日文化不仅有丰富的物质性形式，还有丰厚的文化内涵。中华传统节日是中华民族五千年文化的积淀，它承载了中华民族悠久的历史文明和伟大的民族精神，是中华传统文化的重要载体。许多传统节日起源于祭祀和时令节气，凝聚了我们民族的智慧，体现了天人合一、人与自然和谐的哲学思想，也体现了贵人伦、重亲情的中华民族特点。中国是一个诗的国度，人们酷爱诗意的栖居，每逢四时佳节，中国古代文人都会即景而歌，所以在中国古代浩瀚的诗词作品中，节日诗词也不胜其数，这些作品凝结着中华民族的人文精神、价值取向、理想追求与情感体验，是中华文明的精华所在。时至今日，中华传统节日古诗词仍具有巨大的时代价值，蕴含着中华文化创造性转化和创新性发展的宝贵精神力量。为了更好地弘扬传统文化，传播和展现中华民族精神，我们共选取了与春节、元宵、寒食、清明、端午、七夕、中秋、重阳、冬至、除夕 10 个中华传统节日有关的古典诗词佳作，共计 100 首，以飨读者，让大家从"爆竹声中一岁除，春风送暖入屠苏""月色灯光满帝都，香车宝辇隘通衢""春城无处不飞花，寒食东风御柳斜""清明时节雨纷纷，路上行人欲断魂""彩线轻缠红玉臂，小符斜挂绿云鬟""两情若是久长时，又岂在朝朝暮暮""独在异乡为异客，每逢佳节倍思亲"的精美诗句中感受诗意中的节日，进而深入挖掘传统节日的文化内涵，增进对传统节日的了解与认同。

是为记。

胡中山

中华传统文化经典诵读手册

第一册

◎套书主编 钱进 赵鹏 汪颖 ◎编审 康秀玲

中华传统文化经典诵读手册

歌咏徐州

古诗词精选100首

王立增 胡政 主编

南京大学出版社

图书在版编目(CIP)数据

歌咏徐州古诗词精选100首 / 王立增,胡政主编.
—南京:南京大学出版社,2025.3
(中华传统文化经典诵读手册 / 钱进,赵鹏,汪颖主编;2)
ISBN 978-7-305-24999-0

Ⅰ.①歌… Ⅱ.①王… ②胡… Ⅲ.①古典诗歌-诗集-中国 Ⅳ.①I222

中国版本图书馆 CIP 数据核字(2021)第 194049 号

出版发行　南京大学出版社
社　　址　南京市汉口路 22 号　邮　　编　210093
套 书 名　中华传统文化经典诵读手册
套书主编　钱　进　赵　鹏　汪　颖
书　　名　**歌咏徐州古诗词精选 100 首**
　　　　　GEYONG XUZHOU GUSHICI JINGXUAN 100 SHOU
主　　编　王立增　胡　政
责任编辑　高　军　钱梦菊　　　编辑热线　025-83592146
照　　排　南京开卷文化传媒有限公司
印　　刷　南京京新印刷有限公司
开　　本　787 mm×1092 mm　1/32　印张 2.75　字数 40 千
版　　次　2025 年 3 月第 1 版　2025 年 3 月第 1 次印刷
ISBN　978-7-305-24999-0
定　　价　60.00 元(全 6 册)

网　　址:http://www.njupco.com
官方微博:http://weibo.com/njupco
微信服务号:njuyuexue
销售咨询热线:(025)83594756

前　言

　　呈现在各位老师和同学面前的是江苏师范大学组织编写的一套系列诵读手册,共有六册,分别是《中华传统节日古诗词精选》《歌咏徐州古诗词精选100首》《飞花令选录诗词》《中华经典诗词曲目》《诗词联格律概要》和《中国现当代诗歌中的党史》。这是我校多年"中华母语节"活动的成果集萃。

　　这套手册的编写,是我们实现高校对中华优秀传统文化传承发展的探索,是落细落小落实的举措。它的重要现实意义在于:坚定文化自信,提升大学生对中华优秀传统文化的认知度和接受度;深化博雅教育,提升大学生的人文情怀和审美品位;推进教学改革,着力探索中华优秀传统文化进校园进课堂的重点和支点。

　　我校的办学定位中特别强调了要建设"有品位"的高水平大学,确定了"守正出新,坚志勇为"

的校园精神，其中就蕴含着对于中华优秀传统文化要担负起继承和创新的历史使命，要培养具有较高品位的文化传播者和创新型人才。多年来，我们致力于将传统文化资源引入教育教学体系，开展了一系列创新性探索，例如合作举办海峡两岸大学生古典诗词联吟大会，研发创作汉风乐舞，在华佗"五禽戏"的基础上创意研发"中华五禽操"，研究作为足球起源之一的汉代蹴鞠并重现蹴鞠竞赛场景，开设汉文化进校园系列课程等。这些探索体现了我们对于发挥现代大学的第四个功能——文化传承与创新的积极实践，也是我们在新的起点上再次出发的坚实基础。

文化先哲孔子曾说人才的成长应当"兴于诗，立于礼，成于乐"。让我们从欣赏古诗词出发，从党的百年奋斗征程中感悟，去进入中华优秀传统文化宝库，接受中华美学精神的濡染，感受红色革命文化的壮怀。唯有先筑牢民族传统文化根基，才能更加自信地参与世界不同文明的交流互鉴，也才能成为具备中华人文情怀和世界发展眼光的新时代建设者。

编　者

2025 年 1 月

目 录

contents

中华传统文化经典诵读手册

第二册

歌咏徐州古诗词精选100首

中华传统文化经典诵读手册

第一册

1. 徐人歌

［先秦］佚　名

延陵季子兮不忘故,脱千金之剑兮带丘墓。

2. 大风歌

［汉］刘　邦

大风起兮云飞扬,威加海内兮归故乡,安得
猛士兮守四方。

3. 彭城戏马台集诗

[南朝宋] 刘义恭

骋骛辞南京，弭节憩东楚。

懿蕃重遐望，兴言集僚侣。

于役未云淹，时迁变溽暑。

眷恋江水流，回首独延伫。

4. 彭城会诗

[南朝宋] 谢　晦

先荡临淄秽，却清河洛尘。

华阳有逸骥，桃林无伏轮。

5. 经张子房庙

[南朝宋] 谢　瞻

王风哀以思，周道荡无章。
卜洛易隆替，兴乱罔不亡。
力政吞九鼎，苟曋暴三殇。
息肩缠民思，灵鉴集朱光。
伊人感代工，聿来扶兴王。
婉婉幕中画，辉辉天业昌。
鸿门销薄蚀，垓下陨欃枪。
爵仇建萧宰，定都护储皇。
肇允契幽叟，翻飞指帝乡。
惠心奋千祀，清埃播无疆。
神武睦三正，裁成被八荒。
明两烛河阴，庆霄薄汾阳。
蛮旌历颓寝，饰像荐嘉尝。
圣心岂徒甄，惟德在无忘。
逝者如可作，揆子慕周行。
济济属车士，粲粲翰墨场。
瞀夫违盛观，竦踊企一方。
四达虽平直，蹇步愧无良。
餐和忘微远，延首咏太康。

6. 彭城宫中直感岁暮

［南朝宋］谢灵运

草草眷徂物，契契矜岁殚。

楚艳起行戚，吴趋绝归欢。

修带缓旧裳，素鬓改朱颜。

晚暮悲独坐，鸣鹍歇春兰。

7. 入彭城馆

［北周］庾　信

襄君前建国，项氏昔棱威。

鹍飞伤楚战，鸡鸣悲汉围。

年代殊氓俗，风云更盛衰。

水流浮磬动，山喧双翟飞。

夏余花欲尽，秋近燕将稀。

槐庭垂绿穗，莲浦落红衣。

徒知日云暮，不见舞雩归。

8. 经下邳圯桥怀张子房

[唐] 李 白

子房未虎啸，破产不为家。

沧海得壮士，椎秦博浪沙。

报韩虽不成，天地皆振动。

潜匿游下邳，岂曰非智勇？

我来圯桥上，怀古钦英风。

惟见碧流水，曾无黄石公。

叹息此人去，萧条徐泗空。

9. 登戏马台作

［唐］储光羲

君不见宋公仗钺诛燕后，英雄踊跃争趋走。小会衣冠吕梁壑，大征甲卒碻磝口。

天门神武树元勋，九日茱萸飨六军。泛泛楼船游极浦，摇摇歌吹动浮云。

居人满目市朝变，霸业犹存齐楚甸。泗水南流桐柏川，沂山北走琅玡县。

沧海沉沉晨雾开，彭城烈烈秋风来。少年自古未得意，日暮萧条登古台。

10. 彭祖井

[唐]皇甫冉

上公旄节在徐方,旧井莓苔近寝堂。

访古因知彭祖宅,得仙何必葛洪乡。

清虚不共春池竞,盥漱偏宜夏日长。

闻道延年如玉液,欲将调鼎献明光。

11. 赋得彭祖楼送杨德宗归徐州幕

[唐]卢　纶

四户八窗明,玲珑逼上清。

外栏黄鹄下,中柱紫芝生。

每带云霞色,时闻箫管声。

望君兼有月,幢盖俨层城。

12. 雨中登沛县楼赠表兄郭少府

［唐］刘长卿

楚泽秋更远，云雷有时作。

晚陂带残雨，白水昏漠漠。

伫立收烟氛，洗然静寥廓。

卷帘高楼上，万里看日落。

为客频改弦，辞家尚如昨。

故山今不见，此鸟那可托。

小邑务常闲，吾兄宦何薄。

高标青云器，独立沧江鹤。

惠爱原上情，殷勤丘中诺。

何当遂良愿，归卧青山郭。

13. 出丰县界寄韩明府

〔唐〕刘长卿

回首古原上，未能辞旧乡。

西风收暮雨，隐隐分芒砀。

贤友此为邑，令名满徐方。

音容想在眼，暂若升琴堂。

疲马顾春草，行人看夕阳。

自非传尺素，谁为论中肠？

14. 送远曲

［唐］张　籍

戏马台南山簇簇，山边饮酒歌别曲。

行人醉后起登车，席上回尊劝僮仆。

青天漫漫覆长路，远游无家安得住？

愿君到处自题名，他日知君从此去。

15. 晚眺徐州延福寺

［唐］储嗣宗

杉风振旅尘，晚景藉芳茵。

片水明在野，万花深见人。

静依归鹤思，远惜旧山春。

今日惜携手，寄怀吟白蘋。

16. 汴泗交流赠张仆射

［唐］韩 愈

汴泗交流郡城角，筑场千步平如削。

短垣三面缭逶迤，击鼓腾腾树赤旗。

新秋朝凉未见日，公早结束来何为？

分曹决胜约前定，百马攒蹄近相映。

球惊杖奋合且离，红牛缨绂黄金羁。

侧身转臂著马腹，霹雳应手神珠驰。

超遥散漫两闲暇，挥霍纷纭争变化。

发难得巧意气粗，欢声四合壮士呼。

此诚习战非为剧，岂若安坐行良图。

当今忠臣不可得，公马莫走须杀贼。

17. 燕子楼

［唐］张仲素

其 一

楼上残灯伴晓霜，独眠人起合欢床。

相思一夜情多少，地角天涯不是长。

其 二

北邙松柏锁愁烟，燕子楼人思悄然。

自埋剑履歌尘散，红袖香消已十年。

其 三

适看鸿雁岳阳回，又睹玄禽逼社来。

瑶瑟玉箫无意绪，任从蛛网任从灰。

中华传统文化经典诵读手册 第二册

18. 燕子楼

［唐］白居易

其 一

满窗明月满帘霜，被冷灯残拂卧床。

燕子楼中霜月夜，秋来只为一人长。

其 二

钿晕罗衫色似烟，几回欲著即潸然。

自从不舞霓裳曲，叠在空箱十一年。

其 三

今春有客洛阳回，曾到尚书墓上来。

见说白杨堪作柱，争教红粉不成灰。

19. 朱陈村

［唐］白居易

徐州古丰县，有村曰朱陈。
去县百余里，桑麻青氛氲。
机梭声札札，牛驴走纭纭。
女汲涧中水，男采山上薪。
县远官事少，山深人俗淳。
有财不行商，有丁不入军。
家家守村业，头白不出门。
生为村之民，死为村之尘。
田中老与幼，相见何欣欣。
一村唯两姓，世世为婚姻。
亲疏居有族，少长游有群。
黄鸡与白酒，欢会不隔旬。
生者不远别，嫁娶先近邻。
死者不远葬，坟墓多绕村。
既安生与死，不苦形与神。

所以多寿考，往往见玄孙。

我生礼义乡，少小孤且贫。

徒学辨是非，只自取辛勤。

世法贵名教，士人重冠婚。

以此自桎梏，信为大谬人。

十岁解读书，十五能属文。

二十举秀才，三十为谏臣。

下有妻子累，上有君亲恩。

承家与事国，望此不肖身。

忆昨旅游初，迨今十五春。

孤舟三适楚，羸马四经秦。

昼行有饥色，夜寝无安魂。

东西不暂住，来往若浮云。

离乱失故乡，骨肉多散分。

江南与江北，各有平生亲。

平生终日别，逝者隔年闻。

朝忧卧至暮，夕哭坐达晨。

悲火烧心曲，愁霜侵鬓根。

一生苦如此，长羡村中民。

20. 沛中怀古

［唐］鲍　溶

烟芜歌风台，此是赤帝乡。

赤帝今已矣，大风邈凄凉。

惟昔仗孤剑，十年朝八荒。

人言生处乐，万乘巡东方。

高台何巍巍，行殿起中央。

兴言万代事，四坐沾衣裳。

我为异代臣，酌水祀先王。

抚事复怀昔，临风独彷徨。

21. 送郑正则徐州行营

［唐］郎士元

从军非陇头，师在古徐州。

气劲三河卒，功全万户侯。

元戎阃外略，才子幄中筹。

莫听关山曲，还生塞上愁。

22. 题汉祖庙

［唐］李商隐

乘运应须宅八荒，男儿安在恋池隍？

君王自起新丰后，项羽何曾在故乡！

23. 大 泽

［唐］胡 曾

白蛇初断路人通，汉祖龙泉血刃红。

不是咸阳将瓦解，素灵那哭月明中。

24. 题彭祖楼

［唐］薛 能

新晴天状湿融融，徐国滩声上下洪。

极目澄鲜无限景，入怀轻好可怜风。

身防潦倒师彭祖，妓拥登临愧谢公。

谁致此楼潜惠我，万家残照在河东。

25. 歌风台

［唐］林　宽

蒿棘空存百尺基，酒酣曾唱大风词。
莫言马上得天下，自古英雄尽解诗。

26. 樊将军庙

［唐］汪　遵

玉辇曾经陷楚营，汉皇心怯拟休兵。
当时不得将军力，日月须分一半明。

27. 彭城道中

［宋］曾　巩

百步洪声潦退初，白沙新岸凑舟车。

一时屠钓英雄尽，千载河山战伐余。

楚汉旧歌流俚耳，韩彭遗壁冠荒墟。

可怜马上纵横略，只在圯桥一卷书。

28. 送赵谏议知徐州

［宋］梅尧臣

鹿车几两马几匹，轸建朱幡骑彀弓。

雨过短亭云断续，莺啼高柳路西东。

吕梁水注千寻险，大泽龙归万古空。

莫问前朝张仆射，球场细草绿蒙蒙。

29. 送蜀人张师厚赴殿试二首(其二)

〔宋〕苏　轼

云龙山下试春衣,放鹤亭前送落晖。
一色杏花三十里,新郎君去马如飞。

30. 登云龙山

〔宋〕苏　轼

醉中走上黄茅冈,满冈乱石如群羊。冈头
醉倒石作床,仰看白云天茫茫。歌声落谷秋风
长,路人举首东南望,拍手大笑使君狂。

31. 江城子·别徐州

[宋] 苏 轼

　　天涯流落思无穷。既相逢，却匆匆。携手佳人、和泪折残红。为问东风余几许？春纵在，与谁同！

　　隋堤三月水溶溶。背归鸿，去吴中。回望彭城、清泗与淮通。欲寄相思千点泪，流不到，楚江东。

32. 永遇乐

[宋] 苏 轼

夜宿燕子楼,梦盼盼,因作此词。

明月如霜,好风如水,清景无限。曲港跳鱼,圆荷泻露,寂寞无人见。纮如三鼓,铿然一叶,黯黯梦云惊断。夜茫茫、重寻无处,觉来小园行遍。

天涯倦客,山中归路,望断故园心眼。燕子楼空,佳人何在,空锁楼中燕。古今如梦,何曾梦觉,但有旧欢新怨。异时对、黄楼夜景,为余浩叹。

33. 浣溪沙(其四)

［宋］苏　轼

徐门石潭谢雨,道上作五首。

簌簌衣巾落枣花,村南村北响缫车,牛衣古柳卖黄瓜。

酒困路长惟欲睡,日高人渴漫思茶,敲门试问野人家。

34. 访张山人得山中字二首(其二)

［宋］苏　轼

万木锁云龙,天留与戴公。
路迷山向背,人在灞西东。
荞麦余春雪,樱桃落晚风。
入城都不记,归路醉眠中。

35. 太虚以《黄楼赋》见寄,作诗为谢

[宋] 苏 轼

我在黄楼上,欲作黄楼诗。

忽得故人书,中有黄楼词。

黄楼高十丈,下建五丈旗。

楚山以为城,泗水以为池。

我诗无杰句,万景骄莫随。

夫子独何妙,雨雹散雷椎。

雄辞杂今古,中有屈宋姿。

南山多磬石,清滑如流脂。

朱蜡为摹刻,细妙分毫厘。

佳处未易识,当有来者知。

36. 水调歌头·徐州中秋

［宋］苏　辙

离别一何久，七度过中秋。去年东武今夕，明月不胜愁。岂意彭城山下，同泛清河古汴，船上载《凉州》。鼓吹助清赏，鸿雁起汀洲。

坐中客，翠羽帔，紫绮裘。素娥无赖，西去曾不为人留。今夜清尊对客，明夜孤帆水驿，依旧照离忧。但恐同王粲，相对永登楼。

37. 陪子瞻游百步洪

[宋] 苏 辙

城东泗水平如席,城头远山涵落日。

轻舟鸣橹自生风,渺渺江湖动颜色。

中洲过尽石纵横,南去清波头尽白。

岸边怪石如牛马,衔尾触舻谁敢下?

没人出没须臾间,却立沙头手足干。

客舟一叶久未上,吴牛回首良间关。

风波荡漾未可触,归来何事尝艰难?

楼中吹角莫烟起,出城骑火催君还。

38. 题樊侯庙二首

[宋] 黄庭坚

其　一

汉兴丰沛开天下，故旧因依日月明。

拔剑一卮戏下酒，剖符千户舞阳城。

鼓刀屠狗少时事，排闼谏君身后名。

异日淮阴傥相见，安能鞅鞅似平生。

其　二

门掩虚堂阴窈窈，风摇枯竹冷萧萧。

邱虚余意谁相问，丰沛英魂我欲招。

野老无知惟卜岁，神巫何事苦吹箫。

人归里社黄云暮，只有哀蝉伴寂寥。

39. 别子瞻

[宋] 秦 观

人生异趣各有求,系风捕影只怀忧。

我独不愿万户侯,惟愿一识苏徐州。

徐州英伟非人力,世有高名擅区域。

珠树三株讵可攀？玉海千寻真莫测。

一昨秋风动远情,便忆鲈鱼访洞庭。

芝兰不独庭中秀,松柏仍当雪后青。

故人持节过乡县,教以东来偿所愿。

天上麒麟昔漫闻,河东鸑鷟今才见。

不将俗物碍天真,北斗已南能几人？

八砖学士风标远,五马使君恩意新。

黄尘冥冥日月换,中有盈虚亦何算？

据龟食蛤暂相从,请结后期游汗漫。

40. 戏云龙山人二绝

［宋］秦　观

其　一

芳草未应羞鹡鸰，潜鳞终是畏提壶。

蔡经背上痕犹在，更念麻姑指爪无。

其　二

选胜只携长胫鹤，入廛还驾短辕车。

时人若问虚玄事，笑答无过李老书。

41. 蝶恋花·送彭舍人罢徐

［宋］陈师道

九里山前千里路。流水无情，只送行人去。
路转河回寒日暮。连峰不许重回顾。

水解随人花却住。衾冷香销，但有残妆污。
泪入长江空几许。双洪一抹无寻处。

42. 登快哉亭

［宋］陈师道

城与清江曲，泉流乱石间。
夕阳初隐地，暮霭已依山。
度鸟欲何向，奔云亦自闲。
登临兴不尽，稚子故须还。

43. 题彭城张氏放鹤亭

[宋] 贺　铸

亭有石刻,苏眉山制文。唐之阳春亭故址,在徐城之东。薛能尚书有诗,见集中。壬戌九月赋。

曾见君家亭上碑,东望风月动闲思。

昔无卜筑如相待,今遂登临是不期。

万顷白云山缺处,一庭黄叶雨来时。

许昌应负重泉恨,当日阳春枉赋诗。

44. 题彭城南台寺苏眉山诗刻后

[宋]贺　铸

癸亥十月,徐之走卒还自京师,误传苏黄州被召。南台寺公旧题数诗,先摹刻诸石,因赋此,书其左。

秋风几度老江蓠,鼎水眉峰隔梦思。

下走误传宣室召,上前谁进子虚辞。

东坡麋鹿同三径,西掖鹓鸾占一枝。

独有野僧违一俗,翠珉新勒旧题诗。

45. 病后登快哉亭

［宋］贺　铸

乙丑八月彭城赋。

经雨清蝉得意鸣，征尘见处见归程。
病来把酒不知厌，梦后倚楼无限情。
鸦带斜阳投古刹，草将野色入荒城。
故园又负黄昏约，但觉秋风发上生。

46. 鹧鸪天·重九席上作

［宋］辛弃疾

戏马台前秋雁飞。管弦歌舞更旌旗。要知
黄菊清高处，不入当年二谢诗。

倾白酒，绕东篱。只于陶令有心期。明朝
重九浑潇洒，莫使尊前欠一枝。

47. 徐　州

［宋］汪元量

白杨猎猎起悲风，满目黄埃涨太空。

野壁山墙彭祖宅，麈花粪草项王宫。

古今尽付三杯外，豪杰同归一梦中。

更上层楼见城郭，乱鸦古木夕阳红。

48. 沛 歌

［宋］文天祥

秦世失其鹿，丰沛发龙颜。

王侯与将相，不出徐济间。

当时数公起，四海王气闲。

至今尚想见，虹光照人寰。

我来千载下，吊古泪如潸。

白云落荒草，隐隐芒砀山。

黄河天下雄，南去不复还。

乃知盈虚故，天道如循环。

卢王旧封地，今日杀函关。

49. 木兰花慢·彭城怀古

〔元〕萨都剌

古徐州形胜,消磨尽、几英雄。想铁甲重瞳,乌骓汗血,玉帐连空。楚歌八千兵散,料梦魂,应不到江东。空有黄河如带,乱山回合云龙。

汉家陵阙起秋风,禾黍满关中。更戏马台荒,画眉人远,燕子楼空。人生百年寄耳,且开怀,一饮尽千钟。回首荒城斜日,倚栏目送飞鸿。

50. 彭城杂咏呈廉公亮佥事七首(其七)

〔元〕萨都剌

黄河三面绕孤城,独倚危阑眼倍明。
柳絮飞飞三月暮,楼头犹有卖花声。

51. 歌风台和李提举韵

〔元〕揭傒斯

万乘东归火德开,汉皇曾此宴高台。
沛中父老讴歌入,海内英雄倒载回。
汤沐空余清泗在,风云犹似翠华来。
穹碑立断苍烟上,静阅人间几劫灰。

52. 过徐州洪至丰沛作

[元]王 冕

落月苍凉野色迷，过洪忽听五更鸡。
河流东海奔腾去，天近中原渐觉低。
败垒有基栖碧草，古台无石堕青泥。
汉家住处人能识，只在丰南沛水西。

53. 吕 梁

[元]陈 基

扁舟又向吕梁归，浩荡中流看翠微。
浊浪满河冰乱走，黄云垂地雪交飞。
奉身误叱王遵驭，涉世频沾阮籍衣。
日暮不须吹短笛，沙鸥犹恐未忘机。

54. 歌风台

[明]方孝孺

歌风台下春水黄，歌风台上春草碧。

黄河之水日夜流，碧草年年自春色。

汉祖当时为帝王，龙泉三尺飞秋霜。

五年马上得天下，富贵乐在归还乡。

台前老人争拜跪，挂杖麻衣见天子。

龙颜自喜还自伤，一半随龙半随鬼。

翻思昔日亭长时，一心捧檄日夜驰。

即今宇宙过四海，一榻之外谁撑持。

却令猛士镇寰宇，安得长年在乡里。

可怜创业垂统君，后使乾机付诸吕。

淮阴少年韩将军，金戈铁马立战勋。

藏弓烹狗太逼迫，解衣推食何殷勤。

致令英雄遭妇手，血溅红裙当斩首。

萧何下狱子房归，左右功臣皆掣肘。

还乡悲唱大风歌，向来老将今无多。

咸阳宫阙亲眼见，不忍荆棘埋铜驼。

台前老人泪如雨，为言不独汉高祖。

古来世事无不然，稍稍功成忘险阻。

荒祠古庙名歌台，前人已尽今人哀。

感激悲歌下台去，断碑春雨生莓苔。

55. 九里山前(歌谣)

[明] 佚　名

九里山前作战场, 牧童拾得旧刀枪。
顺风吹动乌江水, 好似虞姬别霸王。

56. 十六夜泊彭城与
张给事廷槐月下小饮

[明] 王世贞

此夜彭城月, 清光万里寒。
河流天地合, 山色古今看。
桂树香徐吐, 金樽漏易残。
与君聊一醉, 途路失艰难。

57. 秋日赵司农刘水部邀游
云龙山放鹤亭同子与赋

［明］王世贞

其 一

地属黄楼守，樽开画省郎。

大风来芒砀，飞壒卷河梁。

鹤不归残照，人今醉异乡。

凭栏一翘首，天地渐苍茫。

其 二

帻为登高岸，亭因眺远孤。

河流天不尽，山色雨频扶。

千古双雄略，中原一病夫。

阮生广武叹，感慨亦吾徒。

58. 陵母墓

[明] 薛 瑄

鹿走中原海起尘，独从草昧识真人。

纷纷都是人间死，母死高名万古新。

59. 徐州洪，苏墨亭书坡老石刻后

[明] 李东阳

我昔彭城初泊舟，岸行百步观洪流。

手披荒藓看古石，上有坡翁旧时刻。

沙冲水啮四百年，字画半灭丰神全。

我行见此三叹息，此物乃在风尘间。

冬曹尹君真好事，自扫巉岩凿苍翠。

山灵助喜河伯愁，白日骊珠照平地。

孤亭素壁高嶕峣，登堂见字如见翁。

山人在前僧在后，尚忆扁舟游月中。

崖端刻颂唐宗业，水底沉碑杜预功。

直将谈笑为故事，似与百战争豪雄。

高才直节古今少，片石价比千金同。

由来一代不几见，况我异世怀高踪。

凭君一拓数千本，遍使四海扬清风。

60. 饮云龙山放鹤亭

[明] 王　鏊

把酒高亭迟日晴，青山无限赴彭城。
地横西楚英雄气，水泻南徐感慨声。
燕子楼前春草合，虎牢关外暮云生。
不知放鹤人何在，辽海茫茫万里情。

61. 黄茅冈

[明] 程敏政

舣棹来登乱石冈，几间茅屋水天长。
桑原麦垄人行处，曾是苏公旧猎场。

62. 再登云龙山

[明] 潘季驯

龙山再上思依然,千里河流自蜿蜒。
几向蒿莱寻水脉,翻从沧海见桑田。
负薪十载歌方就,投杼当年事可怜。
为谢含沙沙且尽,归与吾已欲逃禅。

63. 上吕梁洪二首

[明] 胡　俨

其　一

乱石穿空叠浪惊，乌犍百丈上洪轻。

扁舟载雨西风急，试问徐州一日程。

其　二

细雨斜风拂画船，船头怪石起苍烟。

仰看白浪排空下，始信河流远自天。

64. 徐州十二咏

[明] 胡 俨

其一　百步洪

九里山前百步洪，河流如箭石当空。

黄头伐鼓穿洪去，宿雨初收日影红。

其二　戏马台

盖世英雄酒一杯，悲歌只使后人哀。

平生废尽屠龙技，今日空留戏马台。

其三　华佗墓

徒把金针事老瞒，千年荒冢朔风寒。

从来枉却陈琳檄，到底西陵泪不干。

其四　亚父冢

三尺青铜盗岂知，只因虹贯草萋萋。

鸿门玉斗空如雪，拂袖归来路已迷。

其五　向雠墓

荒丘浅冢草斑斑，事在遗经不可刊。

石椁成来功已竭，后人有法说邢山。

其六　陵母墓

匆匆窗下取吴钩，使者星驰不肯留。

遂使鸿毛轻一死，却存马鬣重千秋。

其七　子房墓

辟谷何劳禄万钟，功成志就却辞封。

分明古墓埋青草，始信空言托赤松。

其八　刘向墓

十年封事遗编在，三尺荒丘宿草摧。

鸿宝浪传谁见得，藜灯一去不重来。

其九　留　城

偶然相遇若神交，多少奇谋胜六韬。

辟谷归来应却扫，如何四皓又重劳。

其十　彭祖楼

锡封曾奠大彭墟，千古传来事不虚。

明月满楼尘影息，仙人曾驾五云车。

其十一　燕子楼

妙舞清歌一夕休，繁华销尽彩云收。

多情只有乌衣侣，终岁相看不下楼。

其十二　黄　楼

衮衮河流昼夜驰，长怀太守筑堤时。

当年宾客黄楼盛，今日荒凉读断碑。

65. 登歌风台怀古

[明] 唐 寅

正德丙寅,奉陪大冢宰太原老先生登歌风台,谨和感古佳韵并图其实景,呈茂化学士请教。

此地曾经玉辇巡,比邻争睹帝王身。
世随邑改井犹在,碑勒风歌字失真。
仗剑当时冀亡命,入关不意竟降秦。
千年泗上荒台在,落日牛羊感路人。

66. 经下邳

[明] 袁宏道

诸儒坑尽一身余,始觉秦家网目疏。
枉把六经灰火底,桥边犹有未烧书。

67. 自徐州至吕梁述水势大略

[明] 归有光

黄河漫徐方,原野层波生。

万人化为鱼,凛然余孤城。

仅见沮洳间,檐楹半颓倾。

日月照蛟室,风波栖蜑氓。

侵薄连群山,浩荡烟霞明。

山回时复圆,盂盎涵光晶。

忽然睹开豁,天末翠黛横。

此来顿觉异,日在江湖行。

吕梁遂安流,泯泯无水声。

狼牙没深沉,一夜走长鲸。

三洪坐失险,蛟龙不能争。

乃知房村间,尚未得泻倾。

如人有疾病,腹坚中膨脝。

空役数万人,绩用何年成?

68. 秋日送人之彭城

［明］胡应麟

柴门乔木下，送汝一含杯。
大泽秋声早，长河曙色开。
阴风韩信庙，紫雾汉王台。
后夜芒山气，谁寻吊古才。

69. 彭城云龙山晚眺憩项王故台并酹亚父冢有怀题

［明］胡应麟

返照长河急，浮云大泽空。
遥凭孤阁上，俯眺万家中。
地废悲王略，天亡惜霸功。
荒坟犹亚父，涕泪尽城东。

70. 次韵答九逵徐沛道中见赠

[明] 文徵明

兴逐青山得得来，行追遗躅吊荒台。

高歌沛上风生鬓，把酒彭门月泻杯。

春色三分寒食过，壮游千里素怀开。

方舟幸自从公迈，不用怀乡首重回。

71. 徐州

[明] 徐　渭

将登黄楼问枣下之妇。

今岁青青陇麦稠，去年河水过堤流。

无家不自波中出，有鳖都经树杪游。

枣叶双扉询翠袖，柳根一面护黄楼。

泗州潭底猕猴老，不信今还锁泗州？

72. 九里山

〔明〕马 蕙

天空野烧连垓下,落日苍烟接沛中。
惟有磨旗踪迹异,年年常见白云封。

73. 徐州杂题五绝句（其三）

〔清〕钱谦益

柳老花残木叶秋,西风斜日总牵愁。
天涯大有多情客,不忍经过燕子楼。

中华传统文化经典诵读手册

第二册

74. 马陵山步月

[清] 阎尔梅

寒雾封野白，风坚暗霜射。
黄河枯不奔，停泥清沚泻。
天远与岸平，鱼火或高下。
日里诸山痕，忽随晚烟嫁。
舟邻尽商贾，相熟谈物价。
携赀湖海间，敬慎守长夜。
念我吴越归，载易冬且夏。
异国有奇书，所求非圃稼。
读之月明前，唱叹使人讶。
素练满蓬窗，江鱼荐犀斝。

75. 彭门怀古八首

［清］王士禛

其 一

城上黄楼天四垂，卷帘坐尽楚山姿。

羽衣吹笛人千古，楼下犹悬五丈旗。

其 二

中原豪杰竞亡秦，楚汉烟销泗水滨。

放鹤亭中一杯酒，楚山齾齾水鳞鳞。

其 三

楼观岧峣戏马台，宋公九日此传杯。

诗人猛士如龙虎，只爱江东二谢才。

其 四

仆射军中似父兄，红莲书记擅才名。

重寻汴泗交流处，千步球场草棘生。

中华传统文化经典诵读手册

第二册

其　五

黄叶西陂七字诗,后山诗派石林知。

南山磬石流脂滑,不刻长洲主簿词。

其　六

吕梁千仞古所嗟,况复层冰如莫邪。

陪尾山前鲁祠北,红泥亭子漾金沙。

其　七

烟消陂水半篙碧,日出晓山千叠青。

荞麦依然春雪里,忍寒招鹤上空亭。

其　八

风雨彭城意黯然,东堂松竹没寒烟。

颍滨老去东坡死,铜狄摩挲五百年。

76. 徐 州

［清］陶 澍

青山两岸抱徐州，也比金陵枕石头。
霸气久随王偃尽，城名犹为老彭留。
关津有险当淮泗，乡里无情斗项刘。
不信河源天上落，女墙根下是黄流。

77. 户部山探梅

［清］李 蟠

空山无伴已多年，独有寒梅傍我妍。
疏影偏宜闲散地，幽芬不到艳阳天。
含苞带雨来相问，露蕊临风倍可怜。
纸帐夜深还入梦，罗浮只在一灯前。

78. 游云龙山和韵

[清] 李 蟠

岸草萋萋合远天,如环河抱古城边。
千盘怪石悬风磴,一罅灵根写玉泉。
樵斧担云归晚磬,渔蓑带雨出朝烟。
山中六月无长夏,尽日风凉便是仙。

79. 拔剑泉

[清] 邵大业

策马来寻拔剑泉,汉皇遗迹尚森然。
一泓暗泻碧峰外,百丈晴拖绿树边。
溜响消残龙战气,芒寒微动灞陵烟。
鸿沟寂寞乌江冷,不信清流此地偏。

80. 放鹤亭歌

［清］爱新觉罗·弘历

木石岂千年，羽衣早翩去。

何来云龙顶，依然有其处。

疏轩眺远栖嶙峋，阶前亦立胎仙群。

坡翁公案一重唱，尔时更有张山人。

青山绿野古徐州，黄河之水东南流。

本意登临豁远志，宣房深计翻增愁。

81. 大士岩

［清］爱新觉罗·弘历

峰有飞来像岂无，色空空色定同殊。

普门诚切宏慈愿，利济应殷此际夫。

82. 戏马台吊宋武帝

［清］袁　枚

身披衲袄博千场,万马登台剑有光。

一逐水仙归大海,三擒天子出咸阳。

白纱帽急金瓯小,野葛灯悬玉烛忙。

可惜雄心当暮齿,关中父老易沾裳。

83. 百字令

［清］张玉珍

将归娄江，寄友研舅氏，时主讲徐州书院。

匆匆驹隙，记归来正是，重阳时节。共剪西窗凉夜烛，细把离愁同说。荷渚红稀，桐阴碧漏，花事怜消歇。西风一霎，香林堆满黄雪。

最忆江路迢迢，山深芒砀，雁影无由觅。读史豪情还访古，应谱新词稠叠。天末停云，阶前落叶，此际难为别。扁舟催发，野塘渔火明灭。

84. 过徐州作

〔清〕屈大均

百战悲丰沛,群雄问草莱。

斩蛇留大泽,戏马失高台。

山向彭城出,云从泗水来。

萧条王气尽,父老有余哀。

85. 冬日同王二张一毕四家侄穆儿子睿晚登东山

〔清〕万寿祺

木落东皋烟树齐,留侯台上望苏堤。

十年虎豹人家少,几处牛羊村舍低。

荒日尚悬寒郭外,群山不动大河西。

浮云直下三千里,南斗平临在碧鸡。

86. 彭门杂咏四首（其四）

〔清〕叶崇仑

巍巍城郭与云齐，几处炊烟望欲迷。

遥指黄茅冈畔路，一行杨柳是苏堤。

87. 水龙吟·谒张子房祠

〔清〕朱彝尊

当年博浪金椎，惜乎不中秦皇帝！咸阳大索，下邳亡命，全身非易。纵汉当兴，使韩成在，肯臣刘季？算论功三杰，封留万户，都未是，平生意！

遗庙彭城旧里，有苍苔断碑横地。千盘驿路，满山枫叶，一湾河水。沧海人归，圯桥石杳，古墙空闭。怅萧萧白发，经过揽涕，向斜阳里。

88. 百字令·彭城经汉高祖庙作

〔清〕朱彝尊

歌风亭长,剩三楹遗庙,断垣摧栋。芒砀云霾销已尽,惟见马头山拥。逐鹿人亡,斩蛇沟冷,一片闲丘陇。彩幡斜挂,绿杨丝里飘动。

赢得割据群雄,六朝五季,各自夸龙种。魂魄千秋还此地,人彘野鸡谁共?社古枌榆,村遥巫觋,孰管神迎送!行人凭吊,看来终胜刘仲。

89. 和陈树滋徐州怀古

[清] 沈德潜

沛丰千里莽纵横,楚汉纷纭此斗争。
将相侯王宁有种,英雄竖子孰成名。
山连芒砀云常合,水绕彭门浪不平。
戏马歌风总消歇,荒原烟雨遍春耕。

90. 镇河铁牛

[清] 佚 名

河清门外水悠悠,万里长堤卧古牛。
青草绕前难下口,长鞭任打不回头。
风吹遍体无毛动,雨湿周身似汗流。
莫向函关跨老子,国朝赖尔镇徐州。

91. 徐州九绝·兴化寺

［清］王先谦

石佛无言似有神，何年拔地见金身。
本来面目谁能坏，坐阅唐梁战伐尘。

92. 百字令·登黄楼有怀漱泉

冯　煦

断虹初霁，倚层楼，送尽南来征辙。不见长河千尺泻，只见惊沙吹雪。病叶欹蝉，虚檐舞蝠，夕照相明灭。高城凝伫，天涯芳草将歇。

凄绝江上离心，闹红一舸，处处闻啼鴂。重到羽衣横笛地，此乐更无人说。四十三年，浑如电抹，秋鬓今骚屑。故人归否？乡愁应上眉缬。

93. 一萼红·徐州怀古

刘师培

过彭城,看江山如此,我辈又登临。系马台空,斩蛇剑杳,霸业都付销沉。试重向、黄楼纵目,指东南、半壁控淮阴。衰草平芜,大河南北,天险谁凭?

千劫兴亡弹指,剩砀山云起,泗水波深。宋国雄都,楚王宫阙,千秋故垒谁寻?溯当日、中原逐鹿,笑项刘、何事起纷争?空叹英雄不作,竖子成名。

94. 送晖亭

韩维张

龙山寻胜迹,小步送晖亭。

暮色收林表,苔痕印屐青。

95. 登子房山远眺

李施五

留侯台枕古徐州,今我登临豁醉眸。

落日已随云外杳,群山不动水东流。

雄图遗念汉三杰,霸业惟余楚一邱。

只有此宵山上月,当年曾照赤松游。

96. 题画快哉亭图

钱食芝

日日来亭下，园林引兴长。

门垂杨柳碧，帘卷芰荷香。

拂席酣清梦，登台话晚凉。

十年无此乐，写赠莫相忘。

97. 赋呈德公

郁达夫

晋谒李长官后，西行道阻，时约同老友陈参议东阜登云龙山避寇警，赋呈德公。

道阻彭城十日间，郊坰时复一跻攀。

地连齐鲁频传警，天为云龙别起山。

壮海风怀如大范，长淮形胜比雄关。

指挥早定萧曹计，忍使苍生血泪殷。

一九三八年四月廿二日　徐州

98. 泗宿道中

陈 毅

夜走泗宿道,晨过旧黄河。
古邳解鞍马,煮酒醉颜酡。

半规残月照,铁骑送长征。
百里吠村犬,穿插敌伪惊。

畅游根据地,沿途劳送迎。
相见问安好,老苍惊故人。

99. 过徐州

胡先骕

得得车声破曙光,四郊野色郁苍苍。

乱山出没晴烟外,髡柳杈丫古道旁。

战血至今殷废垒,村翁从解话沧桑。

临风客泪一挥洒,回首中原事可伤。

100. 徐州八景诗

佚 名

自古彭城列九州,云龙遗迹几千秋。

绿柳烟消黄茅冈,红袖香渺燕子楼。

戏马台前声寂寂,子房山上韵悠悠。

当年楚宫今何在,惟见黄河水东流。

中华传统文化经典诵读手册 第一册

后　记

　　徐州古称"彭城"，曾为华夏九州之一。这里地势形胜，是历来兵家必争之地；群英荟萃，乃千古龙腾虎跃之区。徐州是两汉文化的发源地，既有着悠久灿烂的本土文化，又是南北文化的交融荟萃之地。

　　秀美的自然风土、浑厚的文化底蕴滋养了徐州诗词的发展。自古以来，帝王将相、文人墨客歌咏徐州的作品可谓汗牛充栋，包括汉高祖刘邦、谢灵运、李白、韩愈、白居易、李商隐、李煜、苏轼、萨都剌、清高宗爱新觉罗·弘历等一大批历史名人都曾留下千古传诵的佳作，而本土的民间歌谣作品也是层出不穷。

　　我们综合考虑了相关作品的题材、体裁、风格、流传，以及作家的影响力等因素，按照时代顺序选取了具有代表性的 100 首古诗词。这些作品主要是歌咏徐州，感情真挚，有的意气昂扬、壮怀激烈，如"大风起兮云飞扬"（刘邦《大风歌》）；有的诗情画意、平静优美，如"槐庭垂绿穗，莲浦落红衣"（庾信《入彭城馆》），"樵斧担云归晚磬，渔蓑带雨出朝烟"（李蟠《游云龙山和韵》）；有的抒写了徐州的地域性格，如"地横西楚英雄气，水泻南徐感慨声"（王鏊《饮云龙山放鹤亭》）；有的描绘了燕子楼、歌风台、云龙山、快哉亭、放鹤亭、黄楼、云龙湖、百步洪、吕梁洪、朱陈村等名胜之地的美丽景致与怀古之幽情，如"云龙山下试春衣，放鹤亭前送落晖。一色杏花三十里，新郎君去马如飞"（苏轼《送蜀人张师厚赴殿试》），"燕子楼中霜月夜，秋来只为一人长"（白居易《燕子楼》），"更戏马台荒，画眉人远，燕子楼空"（萨都剌《花木兰慢·彭城怀古》）；有的展现了徐州民风民俗、风土人情，如"簌簌衣巾落枣花，村南村北响缫车，牛衣古柳卖黄瓜"（苏轼《浣溪沙》），"舟邻尽商贾，相熟谈物价"（阎尔梅《马陵山步月》）等。

这些优秀的诗词作品有着强烈的地域色彩和浓重的家国情怀,意蕴厚重,充分展现了徐州"楚风汉韵"的历史内涵、兼融南雄北秀的文化精神和有情有义、洒脱从容的区域性格。可以说,它们不仅是徐州历史的写照,也是徐州文化的结晶,理应成为徐州乃至全国人民引以为傲的"精神食粮"。对于在徐青年大学生来说,这些诗词可以是了解、认识徐州自然风貌与人文性格的一个窗口。熟悉这些诗词,有助于增强对这座城市的亲切感与归属感,也有助于传承徐州优秀文化和文化精神。

最后需要说明的是,由于编者水平有限,选编诗词尽管有一定代表性却也难免有遗珠之憾,其中或有不尽如人意之处,恳盼同行专家和读者朋友批评指正。

编　者

中华传统文化经典诵读手册

◎套书主编 钱进 赵鹏 汪颖 ◎编审 康秀玲

飞花令

选录诗词

吕靖波 林玲 主编

南京大学出版社

图书在版编目(CIP)数据

飞花令选录诗词 / 吕靖波，林玲主编. —南京：
南京大学出版社，2025.3
(中华传统文化经典诵读手册 / 钱进，赵鹏，汪颖主编；3)
ISBN 978 - 7 - 305 - 24999 - 0

Ⅰ.①飞… Ⅱ.①吕…②林… Ⅲ.①古典诗歌—诗
集—中国 Ⅳ.①I222

中国版本图书馆 CIP 数据核字(2021)第 194048 号

出版发行 南京大学出版社
社　　址　南京市汉口路 22 号　邮　　编　210093
套 书 名　中华传统文化经典诵读手册
套书主编　钱　进　赵　鹏　汪　颖
书　　名　飞花令选录诗词
　　　　　　FEIHUALING XUANLU SHICI
主　　编　吕靖波　林　玲
责任编辑　高　军　钱梦菊　　编辑热线　025 - 83592146
照　　排　南京开卷文化传媒有限公司
印　　刷　南京京新印刷有限公司
开　　本　787 mm×1092 mm　1/32　印张 4.5　字数 60 千
版　　次　2025 年 3 月第 1 版　2025 年 3 月第 1 次印刷
ISBN　978 - 7 - 305 - 24999 - 0
定　　价　60.00 元(全 6 册)

网　　址:http://www.njupco.com
官方微博:http://weibo.com/njupco
微信服务号:njuyuexue
销售咨询热线:(025)83594756

前　言

　　呈现在各位老师和同学面前的是江苏师范大学组织编写的一套系列诵读手册,共有六册,分别是《中华传统节日古诗词精选》《歌咏徐州古诗词精选100首》《飞花令选录诗词》《中华经典诗词曲目》《诗词联格律概要》和《中国现当代诗歌中的党史》。这是我校多年"中华母语节"活动的成果集萃。

　　这套手册的编写,是我们实现高校对中华优秀传统文化传承发展的探索,是落细落小落实的举措。它的重要现实意义在于:坚定文化自信,提升大学生对中华优秀传统文化的认知度和接受度;深化博雅教育,提升大学生的人文情怀和审美品位;推进教学改革,着力探索中华优秀传统文化进校园进课堂的重点和支点。

　　我校的办学定位中特别强调了要建设"有品位"的高水平大学,确定了"守正出新,坚志勇为"

的校园精神,其中就蕴含着对于中华优秀传统文化要担负起继承和创新的历史使命,要培养具有较高品位的文化传播者和创新型人才。多年来,我们致力于将传统文化资源引入教育教学体系,开展了一系列创新性探索,例如合作举办海峡两岸大学生古典诗词联吟大会,研发创作汉风乐舞,在华佗"五禽戏"的基础上创意研发"中华五禽操",研究作为足球起源之一的汉代蹴鞠并重现蹴鞠竞赛场景,开设汉文化进校园系列课程等。这些探索体现了我们对于发挥现代大学的第四个功能——文化传承与创新的积极实践,也是我们在新的起点上再次出发的坚实基础。

文化先哲孔子曾说人才的成长应当"兴于诗,立于礼,成于乐"。让我们从欣赏古诗词出发,从党的百年奋斗征程中感悟,去进入中华优秀传统文化宝库,接受中华美学精神的濡染,感受红色革命文化的壮怀。唯有先筑牢民族传统文化根基,才能更加自信地参与世界不同文明的交流互鉴,也才能成为具备中华人文情怀和世界发展眼光的新时代建设者。

编　者

2025 年 1 月

目 录
contents

一、春

二、秋

五、雪

六、月

七、国

八、家

九、山

十、水

十一、诗

十二、酒

中华传统文化经典诵读手册

第三册

一、春

长歌行

佚 名

青青园中葵,朝露待日晞。阳春布德泽,万物生光辉。常恐秋节至,焜黄华叶衰。百川东到海,何时复西归? 少壮不努力,老大徒伤悲。

春江花月夜

张若虚

　　春江潮水连海平，海上明月共潮生。滟滟随波千万里，何处春江无月明！江流宛转绕芳甸，月照花林皆似霰；空里流霜不觉飞，汀上白沙看不见。江天一色无纤尘，皎皎空中孤月轮。江畔何人初见月？江月何年初照人？人生代代无穷已，江月年年只相似。不知江月待何人，但见长江送流水。白云一片去悠悠，青枫浦上不胜愁。谁家今夜扁舟子？何处相思明月楼？可怜楼上月徘徊，应照离人妆镜台。玉户帘中卷不去，捣衣砧上拂还来。此时相望不相闻，愿逐月华流照君。鸿雁长飞光不度，鱼龙潜跃水成文。昨夜闲潭梦落花，可怜春半不还家。江水流春去欲尽，江潭落月复西斜。斜月沉沉藏海雾，碣石潇湘无限路。不知乘月几人归，落月摇情满江树。

春思

李　白

燕草如碧丝，秦桑低绿枝。当君怀归日，是妾断肠时。春风不相识，何事入罗帏。

蜀相

杜　甫

丞相祠堂何处寻，锦官城外柏森森。映阶碧草自春色，隔叶黄鹂空好音。三顾频烦天下计，两朝开济老臣心。出师未捷身先死，长使英雄泪满襟。

哀江头

杜 甫

少陵野老吞声哭，春日潜行曲江曲。江头宫殿锁千门，细柳新蒲为谁绿？忆昔霓旌下南苑，苑中万物生颜色。昭阳殿里第一人，同辇随君侍君侧。辇前才人带弓箭，白马嚼啮黄金勒。翻身向天仰射云，一笑正坠双飞翼。明眸皓齿今何在？血污游魂归不得。清渭东流剑阁深，去住彼此无消息。人生有情泪沾臆，江水江花岂终极！黄昏胡骑尘满城，欲往城南望城北。

滁州西涧

韦应物

独怜幽草涧边生，上有黄鹂深树鸣。春潮带雨晚来急，野渡无人舟自横。

早春呈水部张十八员外

韩　愈

天街小雨润如酥,草色遥看近却无。最是一年春好处,绝胜烟柳满皇都。

钱塘湖春行

白居易

孤山寺北贾亭西,水面初平云脚低。几处早莺争暖树,谁家新燕啄春泥。乱花渐欲迷人眼,浅草才能没马蹄。最爱湖东行不足,绿杨阴里白沙堤。

赤壁

杜 牧

折戟沉沙铁未销，自将磨洗认前朝。东风不与周郎便，铜雀春深锁二乔。

无题

李商隐

相见时难别亦难，东风无力百花残。春蚕到死丝方尽，蜡炬成灰泪始干。晓镜但愁云鬓改，夜吟应觉月光寒。蓬山此去无多路，青鸟殷勤为探看。

白鹿洞二首(其一)

王贞白

读书不觉已春深,一寸光阴一寸金。不是道人来引笑,周情孔思正追寻。

相见欢

李 煜

林花谢了春红,太匆匆。无奈朝来寒雨晚来风。 胭脂泪,相留醉,几时重。自是人生长恨水长东。

惠崇春江晚景

苏　轼

　　竹外桃花三两枝,春江水暖鸭先知。蒌蒿满地芦芽短,正是河豚欲上时。

定风波

苏　轼

　　三月七日沙湖道中遇雨。雨具先去,同行皆狼狈,余独不觉。已而遂晴,故作此词。

　　莫听穿林打叶声,何妨吟啸且徐行。竹杖芒鞋轻胜马,谁怕? 一蓑烟雨任平生。　　料峭春风吹酒醒,微冷,山头斜照却相迎。回首向来萧瑟处,归去,也无风雨也无晴。

清平乐

黄庭坚

春归何处？寂寞无行路。若有人知春去处，唤取归来同住。　　春无踪迹谁知，除非问取黄鹂。百啭无人能解，因风飞过蔷薇。

青玉案

贺　铸

凌波不过横塘路。但目送、芳尘去。锦瑟年华谁与度？月桥花院，琐窗朱户，只有春知处。　　飞云冉冉蘅皋暮，彩笔新题断肠句。试问闲愁都几许？一川烟草，满城风絮。梅子黄时雨。

武陵春·春晚

李清照

风住尘香花已尽，日晚倦梳头。物是人非事事休，欲语泪先流。　　闻说双溪春尚好，也拟泛轻舟。只恐双溪舴艋舟，载不动、许多愁。

卜算子·咏梅

陆　游

驿外断桥边，寂寞开无主。已是黄昏独自愁，更著风和雨。　　无意苦争春，一任群芳妒。零落成泥碾作尘，只有香如故。

游山西村

陆　游

莫笑农家腊酒浑,丰年留客足鸡豚。山重水复疑无路,柳暗花明又一村。箫鼓追随春社近,衣冠简朴古风存。从今若许闲乘月,拄杖无时夜叩门。

临安春雨初霁

陆　游

世味年来薄似纱,谁令骑马客京华。小楼一夜听春雨,深巷明朝卖杏花。矮纸斜行闲作草,晴窗细乳戏分茶。素衣莫起风尘叹,犹及清明可到家。

二、秋

秋风辞

汉武帝

秋风起兮白云飞，草木黄落兮雁南归。兰有秀兮菊有芳，怀佳人兮不能忘。泛楼船兮济汾河，横中流兮扬素波。箫鼓鸣兮发棹歌，欢乐极兮哀情多。少壮几时兮奈老何。

滕王阁

王　勃

滕王高阁临江渚，佩玉鸣鸾罢歌舞。画栋朝飞南浦云，珠帘暮卷西山雨。闲云潭影日悠悠，物换星移几度秋。阁中帝子今何在？槛外长江空自流。

山居秋暝

王　维

空山新雨后，天气晚来秋。明月松间照，清泉石上流。竹喧归浣女，莲动下渔舟。随意春芳歇，王孙自可留。

子夜吴歌·秋歌

李　白

长安一片月，万户捣衣声。秋风吹不尽，总是玉关情。何日平胡虏，良人罢远征。

秋登宣城谢脁北楼

李　白

江城如画里，山晓望晴空。两水夹明镜，双桥落彩虹。人烟寒橘柚，秋色老梧桐。谁念北楼上，临风怀谢公。

茅屋为秋风所破歌

杜　甫

八月秋高风怒号，卷我屋上三重茅。茅飞度江洒江郊，高者挂罥长林梢，下者飘转沉塘坳。南村群童欺我老无力，忍能对面为盗贼，公然抱茅入竹去。唇焦口燥呼不得，归来倚杖自叹息。俄顷风定云墨色，秋天漠漠向昏黑。布衾多年冷似铁，娇儿恶卧踏里裂。床头屋漏无干处，雨脚如麻未断绝。自经丧乱少睡眠，长夜沾湿何由彻！安得广厦千万间，大庇天下寒士俱欢颜，风雨不动安如山！呜呼！何时眼前突兀见此屋？吾庐独破受冻死亦足！

秋思

张 籍

　　洛阳城里见秋风,欲作家书意万重。复恐匆匆说不尽,行人临发又开封。

秋词二首(其一)

刘禹锡

　　自古逢秋悲寂寥,我言秋日胜春朝。晴空一鹤排云上,便引诗情到碧霄。

秋夕

杜　牧

银烛秋光冷画屏,轻罗小扇扑流萤。天阶夜色凉如水,坐看牵牛织女星。

相见欢

李　煜

无言独上西楼,月如钩。寂寞梧桐深院锁清秋。　　剪不断,理还乱,是离愁,别是一般滋味在心头。

中华传统文化经典诵读手册

第三册

渔家傲·秋思

范仲淹

塞下秋来风景异，衡阳雁去无留意。四面边声连角起。千嶂里，长烟落日孤城闭。

浊酒一杯家万里，燕然未勒归无计。羌管悠悠霜满地。人不寐，将军白发征夫泪。

浣溪沙

秦　观

漠漠轻寒上小楼。晓阴无赖似穷秋。淡烟流水画屏幽。　　自在飞花轻似梦，无边丝雨细如愁。宝帘闲挂小银钩。

玉楼春

周邦彦

桃溪不作从容住，秋藕绝来无续处。当时相候赤阑桥，今日独寻黄叶路。　　烟中列岫青无数，雁背夕阳红欲暮。人如风后入江云，情似雨余黏地絮。

一剪梅

李清照

红藕香残玉簟秋。轻解罗裳，独上兰舟。云中谁寄锦书来，雁字回时，月满西楼。　　花自飘零水自流。一种相思，两处闲愁。此情无计可消除，才下眉头，却上心头。

书愤

陆 游

早岁那知世事艰，中原北望气如山。楼船夜雪瓜洲渡，铁马秋风大散关。塞上长城空自许，镜中衰鬓已先斑。出师一表真名世，千载谁堪伯仲间。

破阵子·为陈同甫赋壮词以寄之

辛弃疾

醉里挑灯看剑，梦回吹角连营。八百里分麾下炙，五十弦翻塞外声。沙场秋点兵。马作的卢飞快，弓如霹雳弦惊。了却君王天下事，赢得生前身后名。可怜白发生！

夜书所见

叶绍翁

萧萧梧叶送寒声,江上秋风动客情。知有儿童挑促织,夜深篱落一灯明。

秋望

李梦阳

黄河水绕汉宫墙,河上秋风雁几行。客子过壕追野马,将军韬箭射天狼。黄尘古渡迷飞挽,白月横空冷战场。闻道朔方多勇略,只今谁是郭汾阳?

三、凤

送杜少府之任蜀州

王 勃

城阙辅三秦，风烟望五津。与君离别意，同是宦游人。海内存知己，天涯若比邻。无为在歧路，儿女共沾巾。

次北固山下

王 湾

客路青山外，行舟绿水前。潮平两岸阔，风正一帆悬。海日生残夜，江春入旧年。乡书何处达，归雁洛阳边。

走马川行奉送出师西征

岑 参

君不见走马川行雪海边，平沙莽莽黄入天。轮台九月风夜吼，一川碎石大如斗，随风满地石乱走。匈奴草黄马正肥，金山西见烟尘飞，汉家大将西出师。将军金甲夜不脱，半夜军行戈相拨，风头如刀面如割。马毛带雪汗气蒸，五花连钱旋作冰，幕中草檄砚水凝。虏骑闻之应胆慑，料知短兵不敢接，车师西门伫献捷。

画鹰

杜　甫

素练风霜起,苍鹰画作殊。㩙身思狡兔,侧目似愁胡。绦旋光堪擿,轩楹势可呼。何当击凡鸟,毛血洒平芜。

登科后

孟　郊

昔日龌龊不足夸,今朝放荡思无涯。春风得意马蹄疾,一日看尽长安花。

秋风引

刘禹锡

何处秋风至？萧萧送雁群。朝来入庭树，
孤客最先闻。

题都城南庄

崔 护

去年今日此门中，人面桃花相映红。人面
不知何处去，桃花依旧笑春风。

咸阳城东楼

许 浑

　　一上高城万里愁,蒹葭杨柳似汀洲。溪云初起日沉阁,山雨欲来风满楼。鸟下绿芜秦苑夕,蝉鸣黄叶汉宫秋。行人莫问当年事,故国东来渭水流。

江南春

杜 牧

　　千里莺啼绿映红,水村山郭酒旗风。南朝四百八十寺,多少楼台烟雨中。

中
华
传
统
文
化
经
典
诵
读
手
册

第
三
册

谒金门

冯延巳

风乍起,吹皱一池春水。闲引鸳鸯香径里,手挼红杏蕊。　　斗鸭阑干独倚,碧玉搔头斜坠。终日望君君不至,举头闻鹊喜。

蝶恋花

晏　殊

　　槛菊愁烟兰泣露，罗幕轻寒，燕子双飞去。明月不谙离恨苦，斜光到晓穿朱户。　　昨夜西风凋碧树，独上高楼，望尽天涯路。欲寄彩笺兼尺素，山长水阔知何处？

泊船瓜洲

王安石

　　京口瓜洲一水间，钟山只隔数重山。春风又绿江南岸，明月何时照我还？

声声慢

李清照

寻寻觅觅,冷冷清清,凄凄惨惨戚戚。乍暖还寒时候,最难将息。三杯两盏淡酒,怎敌他、晚来风急?雁过也,正伤心,却是旧时相识。

满地黄花堆积。憔悴损,如今有谁堪摘?守著窗儿,独自怎生得黑?梧桐更兼细雨,到黄昏、点点滴滴。这次第,怎一个愁字了得!

春日

朱　熹

胜日寻芳泗水滨,无边光景一时新。等闲识得东风面,万紫千红总是春。

鹧鸪天

晏几道

彩袖殷勤捧玉钟,当年拚却醉颜红。舞低杨柳楼心月,歌尽桃花扇底风。　　从别后,忆相逢。几回魂梦与君同。今宵剩把银釭照,犹恐相逢是梦中。

永遇乐·京口北固亭怀古

辛弃疾

　　千古江山，英雄无觅、孙仲谋处。舞榭歌台，风流总被、雨打风吹去。斜阳草树，寻常巷陌，人道寄奴曾住。想当年，金戈铁马，气吞万里如虎。　　元嘉草草，封狼居胥，赢得仓皇北顾。四十三年，望中犹记，烽火扬州路。可堪回首，佛狸祠下，一片神鸦社鼓。凭谁问，廉颇老矣，尚能饭否？

襄邑道中

陈与义

飞花两岸照船红，百里榆堤半日风。卧看满天云不动，不知云与我俱东。

过零丁洋

文天祥

辛苦遭逢起一经，干戈寥落四周星。山河破碎风飘絮，身世浮沉雨打萍。惶恐滩头说惶恐，零丁洋里叹零丁。人生自古谁无死，留取丹心照汗青。

四、花

宣城见杜鹃花

李 白

蜀国曾闻子规鸟，宣城还见杜鹃花。一叫一回肠一断，三春三月忆三巴。

江畔独步寻花（其六）

杜 甫

黄四娘家花满蹊，千朵万朵压枝低。留连戏蝶时时舞，自在娇莺恰恰啼。

山房春事二首（其二）

岑 参

梁园日暮乱飞鸦，极目萧条三两家。庭树不知人去尽，春来还发旧时花。

春怨

刘方平

纱窗日落渐黄昏，金屋无人见泪痕。寂寞空庭春欲晚，梨花满地不开门。

玄都观桃花

刘禹锡

紫陌红尘拂面来，无人不道看花回。玄都观里桃千树，尽是刘郎去后栽。

花非花

白居易

花非花，雾非雾。夜半来，天明去。来如春梦几多时？去似朝云无觅处。

菊花

元 稹

秋丛绕舍似陶家，遍绕篱边日渐斜。不是花中偏爱菊，此花开尽更无花。

不第后赋菊

黄 巢

待到秋来九月八，我花开后百花杀。冲天香阵透长安，满城尽带黄金甲。

蝶恋花

欧阳修

庭院深深深几许。杨柳堆烟,帘幕无重数。玉勒雕鞍游冶处,楼高不见章台路。　　雨横风狂三月暮,门掩黄昏,无计留春住。泪眼问花花不语,乱红飞过秋千去。

浣溪沙

晏　殊

一曲新词酒一杯,去年天气旧亭台。夕阳西下几时回?　　无可奈何花落去,似曾相识燕归来。小园香径独徘徊。

戏答元珍

欧阳修

春风疑不到天涯,二月山城未见花。残雪压枝犹有桔,冻雷惊笋欲抽芽。夜闻归雁生乡思,病入新年感物华。曾是洛阳花下客,野芳虽晚不须嗟。

春日偶成

程 颢

云淡风轻近午天,傍花随柳过前川。时人不识余心乐,将谓偷闲学少年。

蝶恋花·春景

苏　轼

　　花褪残红青杏小。燕子飞时,绿水人家绕。枝上柳绵吹又少,天涯何处无芳草!　　墙里秋千墙外道。墙外行人,墙里佳人笑。笑渐不闻声渐悄,多情却被无情恼。

水龙吟·次韵章质夫杨花词

苏 轼

似花还似非花,也无人惜从教坠。抛家傍路,思量却是,无情有思。萦损柔肠,困酣娇眼,欲开还闭。梦随风万里,寻郎去处,又还被、莺呼起。 不恨此花飞尽,恨西园、落红难缀。晓来雨过,遗踪何在?一池萍碎。春色三分,二分尘土,一分流水。细看来,不是杨花,点点是离人泪。

醉花阴·九日

李清照

薄雾浓云愁永昼，瑞脑销金兽。佳节又重阳，玉枕纱厨，半夜凉初透。东篱把酒黄昏后，有暗香盈袖。莫道不消魂，帘卷西风，人比黄花瘦。

晓出净慈寺送林子方

杨万里

毕竟西湖六月中，风光不与四时同。接天莲叶无穷碧，映日荷花别样红。

五、雪

从军行

杨　炯

烽火照西京，心中自不平。牙璋辞凤阙，铁骑绕龙城。雪暗凋旗画，风多杂鼓声。宁为百夫长，胜作一书生。

行路难

李　白

金樽清酒斗十千，玉盘珍羞直万钱。停杯投箸不能食，拔剑四顾心茫然。欲渡黄河冰塞川，将登太行雪满山。闲来垂钓碧溪上，忽复乘舟梦日边。行路难！行路难！多歧路，今安在？长风破浪会有时，直挂云帆济沧海。

观猎

王 维

风劲角弓鸣，将军猎渭城。草枯鹰眼疾，雪尽马蹄轻。忽过新丰市，还归细柳营。回看射雕处，千里暮云平。

别董大

高 适

千里黄云白日曛，北风吹雁雪纷纷。莫愁前路无知己，天下谁人不识君。

塞上听吹笛

高　适

雪净胡天牧马还，月明羌笛戍楼间。借问梅花何处落，风吹一夜满关山。

绝句

杜　甫

两个黄鹂鸣翠柳，一行白鹭上青天。窗含西岭千秋雪，门泊东吴万里船。

白雪歌送武判官归京

岑 参

北风卷地白草折,胡天八月即飞雪。忽如一夜春风来,千树万树梨花开。散入珠帘湿罗幕,狐裘不暖锦衾薄。将军角弓不得控,都护铁衣冷难着。瀚海阑干百丈冰,愁云惨淡万里凝。中军置酒饮归客,胡琴琵琶与羌笛。纷纷暮雪下辕门,风掣红旗冻不翻。轮台东门送君去,去时雪满天山路。山回路转不见君,雪上空留马行处。

终南望余雪

祖 咏

终南阴岭秀,积雪浮云端。林表明霁色,城中增暮寒。

逢雪宿芙蓉山主人

刘长卿

日暮苍山远,天寒白屋贫。柴门闻犬吠,风雪夜归人。

卖炭翁

白居易

卖炭翁,伐薪烧炭南山中。满面尘灰烟火色,两鬓苍苍十指黑。卖炭得钱何所营?身上衣裳口中食。可怜身上衣正单,心忧炭贱愿天寒。夜来城外一尺雪,晓驾炭车辗冰辙。牛困人饥日已高,市南门外泥中歇。翩翩两骑来是谁?黄衣使者白衫儿。手把文书口称敕,回车叱牛牵向北。一车炭,千余斤,宫使驱将惜不得。半匹红绡一丈绫,系向牛头充炭直。

江雪

柳宗元

千山鸟飞绝,万径人踪灭。孤舟蓑笠翁,独钓寒江雪。

菩萨蛮

韦　庄

人人尽说江南好,游人只合江南老。春水碧于天,画船听雨眠。　　垆边人似月,皓腕凝霜雪。未老莫还乡,还乡须断肠。

村行

王禹偁

马穿山径菊初黄,信马悠悠野兴长。万壑有声含晚籁,数峰无语立斜阳。棠梨叶落胭脂色,荞麦花开白雪香。何事吟余忽惆怅,村桥原树似吾乡。

和子由渑池怀旧

苏 轼

人生到处知何似?应似飞鸿踏雪泥。泥上偶然留指爪,鸿飞那复计东西?老僧已死成新塔,坏壁无由见旧题。往日崎岖还记否?路长人困蹇驴嘶。

梅花

王安石

　　墙角数枝梅,凌寒独自开。遥知不是雪,为有暗香来。

北陂杏花

王安石

　　一陂春水绕花身,花影妖娆各占春。纵被春风吹作雪,绝胜南陌碾成尘。

雪梅

卢梅坡

梅雪争春未肯降,骚人阁笔费评章。梅须逊雪三分白,雪却输梅一段香。

天净沙·冬

白 朴

一声画角樵门,半亭新月黄昏,雪里山前水滨。竹篱茅舍,淡烟衰草孤村。

六、月

古诗十九首·明月何皎皎

佚　名

　　明月何皎皎,照我罗床纬。忧愁不能寐,揽衣起徘徊。客行虽云乐,不如早旋归。出户独彷徨,愁思当告谁! 引领还入房,泪下沾裳衣。

短歌行

曹　操

对酒当歌，人生几何！譬如朝露，去日苦多。慨当以慷，忧思难忘。何以解忧？唯有杜康。青青子衿，悠悠我心。但为君故，沉吟至今。呦呦鹿鸣，食野之苹。我有嘉宾，鼓瑟吹笙。明明如月，何时可掇？忧从中来，不可断绝。越陌度阡，枉用相存。契阔谈䜩，心念旧恩。月明星稀，乌鹊南飞。绕树三匝，何枝可依？山不厌高，海不厌深。周公吐哺，天下归心。

观沧海

曹　操

　　东临碣石，以观沧海。水何澹澹，山岛竦峙。树木丛生，百草丰茂。秋风萧瑟，洪波涌起。日月之行，若出其中。星汉灿烂，若出其里。幸甚至哉，歌以咏志。

望月怀远

张九龄

　　海上生明月，天涯共此时。情人怨遥夜，竟夕起相思。灭烛怜光满，披衣觉露滋。不堪盈手赠，还寝梦佳期。

中华传统文化经典诵读手册

第三册

宿建德江

孟浩然

移舟泊烟渚，日暮客愁新。野旷天低树，江清月近人。

峨眉山月歌

李 白

峨眉山月半轮秋，影入平羌江水流。夜发清溪向三峡，思君不见下渝州。

关山月

李 白

明月出天山,苍茫云海间。长风几万里,吹度玉门关。汉下白登道,胡窥青海湾。由来征战地,不见有人还。戍客望边邑,思归多苦颜。高楼当此夜,叹息未应闲。

旅夜书怀

杜 甫

细草微风岸,危樯独夜舟。星垂平野阔,月涌大江流。名岂文章著,官应老病休。飘飘何所似,天地一沙鸥。

江汉

杜　甫

江汉思归客,乾坤一腐儒。片云天共远,永夜月同孤。落日心犹壮,秋风病欲疏。古来存老马,不必取长途。

枫桥夜泊

张　继

月落乌啼霜满天,江枫渔火对愁眠。姑苏城外寒山寺,夜半钟声到客船。

忆扬州

徐　凝

萧娘脸下难胜泪，桃叶眉头易得愁。天下三分明月夜，二分无赖是扬州。

商山早行

温庭筠

晨起动征铎，客行悲故乡。鸡声茅店月，人迹板桥霜。槲叶落山路，枳花明驿墙。因思杜陵梦，凫雁满回塘。

山园小梅二首（其一）

林　逋

　　众芳摇落独暄妍，占尽风情向小园。疏影横斜水清浅，暗香浮动月黄昏。霜禽欲下先偷眼，粉蝶如知合断魂。幸有微吟可相狎，不须檀板共金樽。

天仙子

张　先

　　水调数声持酒听，午醉醒来愁未醒。送春春去几时回？临晚镜，伤流景，往事后期空记省。　　沙上并禽池上暝，云破月来花弄影。重重帘幕密遮灯，风不定，人初静，明日落红应满径。

水调歌头

苏 轼

明月几时有,把酒问青天。不知天上宫阙,今夕是何年?我欲乘风归去,又恐琼楼玉宇,高处不胜寒。起舞弄清影,何似在人间! 转朱阁,低绮户,照无眠。不应有恨,何事长向别时圆?人有悲欢离合,月有阴晴圆缺,此事古难全。但愿人长久,千里共婵娟。

踏莎行·郴州旅舍

秦　观

雾失楼台,月迷津渡,桃源望断无寻处。可堪孤馆闭春寒,杜鹃声里斜阳暮。　　驿寄梅花,鱼传尺素,砌成此恨无重数。郴江幸自绕郴山,为谁流下潇湘去。

浣溪沙·闺情

李清照

绣面芙蓉一笑开,斜飞宝鸭衬香腮,眼波才动被人猜。　　一面风情深有韵,半笺娇恨寄幽怀,月移花影约重来。

西江月·夜行黄沙道中

辛弃疾

　　明月别枝惊鹊，清风半夜鸣蝉。稻花香里说丰年，听取蛙声一片。　　七八个星天外，两三点雨山前。旧时茅店社林边，路转溪头忽见。

满江红

岳　飞

　　怒发冲冠，凭栏处、潇潇雨歇。抬望眼、仰天长啸，壮怀激烈。三十功名尘与土，八千里路云和月。莫等闲、白了少年头，空悲切。　　靖康耻，犹未雪。臣子恨，何时灭？驾长车、踏破贺兰山缺。壮志饥餐胡虏肉，笑谈渴饮匈奴血。待从头、收拾旧山河，朝天阙！

七、国

李延年歌

李延年

北方有佳人，绝世而独立。一顾倾人城，再顾倾人国。宁不知倾城与倾国？佳人难再得。

清平调（其三）

李　白

名花倾国两相欢，长得君王带笑看。解释春风无限恨，沉香亭北倚栏杆。

相思

王　维

红豆生南国,春来发几枝? 愿君多采撷,此物最相思。

使至塞上

王　维

单车欲问边,属国过居延。征蓬出汉塞,归雁入胡天。大漠孤烟直,长河落日圆。萧关逢候骑,都护在燕然。

春望

杜　甫

国破山河在，城春草木深。感时花溅泪，恨别鸟惊心。烽火连三月，家书抵万金。白头搔更短，浑欲不胜簪。

八阵图

杜　甫

功盖三分国，名成八阵图。江流石不转，遗恨失吞吴。

中华传统文化经典诵读手册

第三册

赏牡丹

刘禹锡

庭前芍药妖无格,池上芙蕖净少情。唯有牡丹真国色,花开时节动京城。

宫词二首(其一)

张　祜

故国三千里,深宫二十年。一声何满子,双泪落君前。

泊秦淮

杜　牧

烟笼寒水月笼沙，夜泊秦淮近酒家。商女不知亡国恨，隔江犹唱《后庭花》。

西施

罗　隐

家国兴亡自有时，吴人何苦怨西施。西施若解倾吴国，越国亡来又是谁。

破阵子

李 煜

四十年来家国，三千里地山河。凤阁龙楼连霄汉，玉树琼枝作烟萝，几曾识干戈？一旦归为臣虏，沈腰潘鬓消磨。最是仓皇辞庙日，教坊犹奏别离歌，垂泪对宫娥。

虞美人

李 煜

春花秋月何时了？往事知多少。小楼昨夜又东风，故国不堪回首月明中。雕栏玉砌应犹在，只是朱颜改。问君能有几多愁？恰似一江春水向东流。

念奴娇·赤壁怀古

苏　轼

　　大江东去，浪淘尽、千古风流人物。故垒西边，人道是、三国周郎赤壁。乱石穿空，惊涛拍岸，卷起千堆雪。江山如画，一时多少豪杰。

　　遥想公瑾当年，小乔初嫁了，雄姿英发。羽扇纶巾，谈笑间、樯橹灰飞烟灭。故国神游，多情应笑我、早生华发。人生如梦，一尊还酹江月。

病起书怀

陆　游

　　病骨支离纱帽宽，孤臣万里客江干。位卑未敢忘忧国，事定犹须待阖棺。天地神灵扶庙社，京华父老望和銮。出师一表通今古，夜半挑灯更细看。

十一月四日风雨大作

陆 游

僵卧孤村不自哀，尚思为国戍轮台。夜阑卧听风吹雨，铁马冰河入梦来。

听雨

虞 集

屏风围坐鬓毰毸，绛蜡摇光照暮酏。京国多年情尽改，忽听春雨忆江南。

即事

夏完淳

复楚情何极,亡秦气未平。雄风清角劲,落日大旗明。缟素酬家国,戈船决死生! 胡笳千古恨,一片月临城。

题遗山诗

赵 翼

身阅兴亡浩劫空,两朝文献一衰翁。无官未害餐周粟,有史深愁失楚弓。行殿幽兰悲夜火,故都乔木泣秋风。国家不幸诗家幸,赋到沧桑句便工。

八、家

人日思归

薛道衡

入春才七日，离家已二年。人归落雁后，思发在花前。

回乡偶书二首(其一)

贺知章

少小离家老大回，乡音无改鬓毛衰。儿童相见不相识，笑问客从何处来。

过故人庄

孟浩然

故人具鸡黍，邀我至田家。绿树村边合，青山郭外斜。开轩面场圃，把酒话桑麻。待到重阳日，还来就菊花。

宿五松山下荀媪家

李　白

我宿五松下，寂寥无所欢。田家秋作苦，邻女夜舂寒。跪进雕胡饭，月光明素盘。令人惭漂母，三谢不能餐。

长干行

崔　颢

君家何处住，妾住在横塘。停船暂借问，或恐是同乡。

赴北庭度陇思家

岑　参

西向轮台万里余，也知乡信日应疏。陇山鹦鹉能言语，为报家人数寄书。

左迁至蓝关示侄孙湘

韩 愈

一封朝奏九重天,夕贬潮州路八千。欲为圣明除弊事,肯将衰朽惜残年!云横秦岭家何在?雪拥蓝关马不前。知汝远来应有意,好收吾骨瘴江边。

邯郸至除夜思家

白居易

邯郸驿里逢冬至,抱膝灯前影伴身。想得家中夜深坐,还应说著远行人。

乌衣巷

刘禹锡

朱雀桥边野草花,乌衣巷口夕阳斜。旧时王谢堂前燕,飞入寻常百姓家。

山行

杜 牧

远上寒山石径斜,白云生处有人家。停车坐爱枫林晚,霜叶红于二月花。

中华传统文化经典诵读手册

第三册

清明

杜 牧

清明时节雨纷纷,路上行人欲断魂。借问酒家何处有? 牧童遥指杏花村。

示儿

陆 游

死去元知万事空,但悲不见九州同。王师北定中原日,家祭无忘告乃翁。

约客

赵师秀

黄梅时节家家雨,青草池塘处处蛙。有约不来过夜半,闲敲棋子落灯花。

天净沙·秋思

马致远

枯藤老树昏鸦,小桥流水人家,古道西风瘦马。夕阳西下,断肠人在天涯。

京师得家书

袁　凯

江水三千里，家书十五行。行行无别语，只道早还乡。

赴戍登程口占示家人

林则徐

力微任重久神疲，再竭衰庸定不支。苟利国家生死以，岂因祸福避趋之！谪居正是君恩厚，养拙刚于戍卒宜。戏与山妻谈故事，试吟断送老头皮。

九、山

上邪

汉乐府

上邪！我欲与君相知，长命无绝衰。山无陵，江水为竭，冬雷震震，夏雨雪，天地合，乃敢与君绝！

出塞

王昌龄

秦时明月汉时关，万里长征人未还。但使龙城飞将在，不教胡马度阴山。

山中送别

王　维

　　山中相送罢,日暮掩柴扉。春草明年绿,王孙归不归?

鸟鸣涧

王　维

　　人闲桂花落,夜静春山空。月出惊山鸟,时鸣春涧中。

鹿柴

王　维

　　空山不见人,但闻人语响。返景入深林,复照青苔上。

独坐敬亭山

李　白

　　众鸟高飞尽,孤云独去闲。相看两不厌,只有敬亭山。

西塞山怀古

刘禹锡

王濬楼船下益州,金陵王气黯然收。千寻铁锁沉江底,一片降幡出石头。人世几回伤往事,山形依旧枕寒流。今逢四海为家日,故垒萧萧芦荻秋。

菩萨蛮

温庭筠

　　小山重叠金明灭，鬓云欲度香腮雪。懒起画蛾眉，弄妆梳洗迟。　　照花前后镜，花面交相映。新帖绣罗襦，双双金鹧鸪。

长相思

李　煜

　　一重山，两重山。山远天高烟水寒，相思枫叶丹。　　菊花开，菊花残。塞雁高飞人未还，一帘风月闲。

中华传统文化经典诵读手册

第三册

鲁山山行

梅尧臣

适与野情惬，千山高复低。好峰随处改，幽径独行迷。霜落熊升树，林空鹿饮溪。人家在何许？云外一声鸡。

朝中措·平山堂

欧阳修

平山栏槛倚晴空，山色有无中。手种堂前垂柳，别来几度春风？　　文章太守，挥毫万字，一饮千钟。行乐直须年少，尊前看取衰翁。

踏莎行

欧阳修

候馆梅残，溪桥柳细。草薰风暖摇征辔。离愁渐远渐无穷，迢迢不断如春水。　　寸寸柔肠，盈盈粉泪。楼高莫近危栏倚。平芜尽处是春山，行人更在春山外。

饮湖上初晴后雨二首（其二）

苏　轼

　　水光潋滟晴方好，山色空蒙雨亦奇。欲把西湖比西子，淡妆浓抹总相宜。

雨中登岳阳楼望君山二首

黄庭坚

　　投荒万死鬓毛斑，生出瞿塘滟滪关。未到江南先一笑，岳阳楼上对君山。

　　满川风雨独凭栏，绾结湘娥十二鬟。可惜不当湖水面，银山堆里看青山。

菩萨蛮·书江西造口壁

辛弃疾

郁孤台下清江水,中间多少行人泪?西北望长安,可怜无数山。 青山遮不住,毕竟东流去。江晚正愁余,山深闻鹧鸪。

长相思

纳兰性德

山一程,水一程,身向榆关那畔行,夜深千帐灯。 风一更,雪一更,聒碎乡心梦不成,故园无此声。

十、水

国风·王风·扬之水

佚　名

　　扬之水,不流束薪。彼其之子,不与我戍申。怀哉怀哉,曷月予还归哉? 扬之水,不流束楚。彼其之子,不与我戍甫。怀哉怀哉,曷月予还归哉? 扬之水,不流束蒲。彼其之子,不与我戍许。怀哉怀哉,曷月予还归哉?

于易水送人

骆宾王

此地别燕丹，壮士发冲冠。昔时人已没，今日水犹寒。

与诸子登岘山

孟浩然

人事有代谢，往来成古今。江山留胜迹，我辈复登临。水落鱼梁浅，天寒梦泽深。羊公碑字在，读罢泪沾襟。

终南别业

王　维

　　中岁颇好道,晚家南山陲。兴来每独往,胜事空自知。行到水穷处,坐看云起时。偶然值林叟,谈笑无还期。

望洞庭湖赠张丞相

孟浩然

　　八月湖水平,涵虚混太清。气蒸云梦泽,波撼岳阳城。欲济无舟楫,端居耻圣明。坐观垂钓者,徒有羡鱼情。

塞下曲

王昌龄

饮马渡秋水，水寒风似刀。平沙日未没，黯黯见临洮。昔日长城战，咸言意气高。黄尘足今古，白骨乱蓬蒿。

渡荆门送别

李　白

渡远荆门外，来从楚国游。山随平野尽，江入大荒流。月下飞天镜，云生结海楼。仍怜故乡水，万里送行舟。

送友人

李　白

　　青山横北郭,白水绕东城。此地一为别,孤蓬万里征。浮云游子意,落日故人情。挥手自兹去,萧萧班马鸣。

长干行

崔　颢

　　家临九江水,来去九江侧。同是长干人,生小不相识。

梦李白二首(其一)

杜 甫

死别已吞声,生别常恻恻。江南瘴疠地,逐客无消息。故人入我梦,明我长相忆。恐非平生魂,路远不可测。魂来枫林青,魂返关塞黑。君今在罗网,何以有羽翼?落月满屋梁,犹疑照颜色。水深波浪阔,无使蛟龙得。

登岳阳楼

杜 甫

昔闻洞庭水，今上岳阳楼。吴楚东南坼，乾坤日夜浮。亲朋无一字，老病有孤舟。戎马关山北，凭轩涕泗流。

淮上喜会梁州故人

韦应物

江汉曾为客，相逢每醉还。浮云一别后，流水十年间。欢笑情如旧，萧疏鬓已斑。何因北归去，淮上对秋山。

渔翁

柳宗元

渔翁夜傍西岩宿,晓汲清湘燃楚竹。烟销日出不见人,欸乃一声山水绿。回看天际下中流,岩上无心云相逐。

卜算子

李之仪

我住长江头,君住长江尾。日日思君不见君,共饮长江水。 此水几时休,此恨何时已。只愿君心似我心,定不负相思意。

夜游宫

周邦彦

　　叶下斜阳照水。卷轻浪、沉沉千里。桥上酸风射眸子。立多时，看黄昏，灯火市。　　古屋寒窗底。听几片、井桐飞坠。不恋单衾再三起。有谁知，为萧娘，书一纸。

临江仙

杨　慎

　　滚滚长江东逝水，浪花淘尽英雄。是非成败转头空。青山依旧在，几度夕阳红。　　白发渔樵江渚上，惯看秋月春风。一壶浊酒喜相逢。古今多少事，都付笑谈中。

十一、诗

苦寒行

曹　操

北上太行山，艰哉何巍巍！羊肠坂诘屈，车轮为之摧。树木何萧瑟，北风声正悲。熊罴对我蹲，虎豹夹路啼。溪谷少人民，雪落何霏霏！延颈长叹息，远行多所怀。我心何怫郁，思欲一东归。水深桥梁绝，中路正徘徊。迷惑失故路，薄暮无宿栖。行行日已远，人马同时饥。担囊行取薪，斧冰持作糜。悲彼《东山》诗，悠悠使我哀。

戏赠杜甫

李　白

饭颗山头逢杜甫,顶戴笠子日卓午。借问别来太瘦生,总为从前作诗苦。

江上吟

李　白

木兰之枻沙棠舟,玉箫金管坐两头。美酒樽中置千斛,载妓随波任去留。仙人有待乘黄鹤,海客无心随白鸥。屈平辞赋悬日月,楚王台榭空山丘。兴酣落笔摇五岳,诗成笑傲凌沧洲。功名富贵若长在,汉水亦应西北流。

咏怀古迹五首(其一)

杜 甫

支离东北风尘际,漂泊西南天地间。三峡楼台淹日月,五溪衣服共云山。羯胡事主终无赖,词客哀时且未还。庾信平生最萧瑟,暮年诗赋动江关。

和李二主簿,寄淮上綦毋三

韦应物

满城怜傲吏,终日赋新诗。请报淮阴客,春帆浪作期。

题叶诗

天宝宫人

　　一叶题诗出禁城，谁人酬和独含情？自嗟不及波中叶，荡漾乘春取次行。

城东早春

杨巨源

　　诗家清景在新春，绿柳才黄半未匀。若待上林花似锦，出门俱是看花人。

和董传留别

苏　轼

粗缯大布裹生涯,腹有诗书气自华。厌伴老儒烹瓠叶,强随举子踏槐花。囊空不办寻春马,眼乱行看择婿车。得意犹堪夸世俗,诏黄新湿字如鸦。

偶成

李清照

十五年前花月底,相从曾赋赏花诗。今看花月浑相似,安得情怀似往时。

念奴娇

李清照

萧条庭院，又斜风细雨，重门须闭。宠柳娇花寒食近，种种恼人天气。险韵诗成，扶头酒醒，别是闲滋味。征鸿过尽，万千心事难寄。

楼上几日春寒，帘垂四面，玉栏干慵倚。被冷香消新梦觉，不许愁人不起。清露晨流，新桐初引，多少游春意！日高烟敛，更看今日晴未？

剑门道中遇微雨

陆　游

衣上征尘杂酒痕，远游无处不消魂。此身合是诗人未？细雨骑驴入剑门。

论诗三十首(其十二)

元好问

望帝春心托杜鹃,佳人锦瑟怨华年。诗家总爱西昆好,独恨无人作郑笺。

论诗五首(其二)

赵 翼

李杜诗篇万口传,至今已觉不新鲜。江山代有才人出,各领风骚数百年。

紫萸香慢·九日

姚云文

　　近重阳、偏多风雨,绝怜此日暄明。问秋香浓未,待携客、出西城。正自羁怀多感,怕荒台高处,更不胜情。向樽前,又忆漉酒插花人。只座上、已无老兵。　　凄清,浅醉还醒,愁不肯,与诗平。记长楸走马,雕弓擫柳,前事休评。紫萸一枝传赐,梦谁到、汉家陵。尽乌纱、便随风去,要天知道,华发如此星星,歌罢涕零。

蝶恋花

晏几道

醉别西楼醒不记，春梦秋云，聚散真容易。斜月半窗还少睡，画屏闲展吴山翠。　衣上酒痕诗里字，点点行行，总是凄凉意。红烛自怜无好计，夜寒空替人垂泪。

六么令

晏几道

绿阴春尽，飞絮绕香阁。晚来翠眉宫样，巧把远山学。一寸狂心未说，已向横波觉。画帘遮匝。新翻曲妙，暗许闲人带偷掐。　前度书多隐语，意浅愁难答。昨夜诗有回文，韵险还慵押。都待笙歌散了，记取留时霎。不消红蜡。闲云归后，月在庭花旧阑角。

喜迁莺

史达祖

月波疑滴。望玉壶天近，了无尘隔。翠眼圈花，冰丝织练，黄道宝光相直。自怜诗酒瘦，难应接、许多春色。最无赖，是随香趁烛，曾伴狂客。　　踪迹，漫记忆，老了杜郎，忍听东风笛。柳院灯疏，梅厅雪在，谁与细倾春碧？旧情拘未定，犹自学、当年游历。怕万一，误玉人、夜寒窗际帘隙。

齐天乐

姜　夔

庾郎先自吟愁赋，凄凄更闻私语。露湿铜铺，苔侵石井，都是曾听伊处。哀音似诉，正思妇无眠，起寻机杼。曲曲屏山，夜凉独自甚情绪？　　西窗又吹暗雨。为谁频断续，相和砧杵？候馆迎秋，离宫吊月，别有伤心无数。幽诗漫与，笑篱落呼灯，世间儿女。写入琴丝，一声声更苦。

十二、酒

凉州曲

王 翰

葡萄美酒夜光杯,欲饮琵琶马上催。醉卧沙场君莫笑,古来征战几人回?

送别

王 维

下马饮君酒,问君何所之?君言不得意,归卧南山陲。但去莫复问,白云无尽时。

月下独酌

李 白

花间一壶酒，独酌无相亲。举杯邀明月，对影成三人。月既不解饮，影徒随我身。暂伴月将影，行乐须及春。我歌月徘徊，我舞影零乱。醒时同交欢，醉后各分散。永结无情游，相期邈云汉。

闻官军收河南河北

杜 甫

剑外忽传收蓟北，初闻涕泪满衣裳。却看妻子愁何在，漫卷诗书喜欲狂。白日放歌须纵酒，青春作伴好还乡。即从巴峡穿巫峡，便下襄阳向洛阳。

客至

杜　甫

舍南舍北皆春水，但见群鸥日日来。花径不曾缘客扫，蓬门今始为君开。盘飧市远无兼味，樽酒家贫只旧醅。肯与邻翁相对饮，隔篱呼取尽余杯。

登高

杜　甫

风急天高猿啸哀，渚清沙白鸟飞回。无边落木萧萧下，不尽长江滚滚来。万里悲秋常作客，百年多病独登台。艰难苦恨繁霜鬓，潦倒新停浊酒杯。

问刘十九

白居易

绿蚁新醅酒,红泥小火炉。晚来天欲雪,能饮一杯无?

酬乐天扬州初逢席上见赠

刘禹锡

巴山楚水凄凉地,二十三年弃置身。怀旧空吟闻笛赋,到乡翻似烂柯人。沉舟侧畔千帆过,病树前头万木春。今日听君歌一曲,暂凭杯酒长精神。

遣悲怀

元　稹

谢公最小偏怜女,自嫁黔娄百事乖。顾我无衣搜荩箧,泥他沽酒拔金钗。野蔬充膳甘长藿,落叶添薪仰古槐。今日俸钱过十万,与君营奠复营斋。

秋日赴阙题潼关驿楼

许　浑

红叶晚萧萧,长亭酒一瓢。残云归太华,疏雨过中条。树色随关迥,河声入海遥。帝乡明日到,犹自梦渔樵。

遣怀

杜　牧

落魄江湖载酒行,楚腰纤细掌中轻。十年一觉扬州梦,赢得青楼薄幸名。

风雨

李商隐

凄凉宝剑篇,羁泊欲穷年。黄叶仍风雨,青楼自管弦。新知遭薄俗,旧好隔良缘。心断新丰酒,销愁斗几千?

雨霖铃

柳　永

　　寒蝉凄切，对长亭晚，骤雨初歇。都门帐饮无绪，留恋处，兰舟催发。执手相看泪眼，竟无语凝噎。念去去，千里烟波，暮霭沉沉楚天阔。

　　多情自古伤离别，更那堪，冷落清秋节！今宵酒醒何处？杨柳岸，晓风残月。此去经年，应是良辰、好景虚设。便纵有、千种风情，更与何人说？

苏幕遮

范仲淹

　　碧云天，黄叶地。秋色连波，波上寒烟翠。山映斜阳天接水。芳草无情，更在斜阳外。

　　黯乡魂，追旅思。夜夜除非，好梦留人睡。明月楼高休独倚。酒入愁肠，化作相思泪。

御街行·秋日怀旧

范仲淹

纷纷坠叶飘香砌，夜寂静，寒声碎。真珠帘卷玉楼空，天淡银河垂地。年年今夜，月华如练，长是人千里。　　愁肠已断无由醉，酒未到，先成泪。残灯明灭枕头欹，谙尽孤眠滋味。都来此事，眉间心上，无计相回避。

木兰花

宋　祁

东城渐觉风光好，縠皱波纹迎客棹。绿杨烟外晓寒轻，红杏枝头春意闹。　　浮生长恨欢娱少，肯爱千金轻一笑？为君持酒劝斜阳，且向花间留晚照。

江城子·密州出猎

苏　轼

老夫聊发少年狂，左牵黄，右擎苍，锦帽貂裘，千骑卷平冈。为报倾城随太守，亲射虎，看孙郎。　　酒酣胸胆尚开张，鬓微霜，又何妨！持节云中，何日遣冯唐？会挽雕弓如满月，西北望，射天狼。

阮郎归

晏几道

旧香残粉似当初。人情恨不如。一春犹有数行书。秋来书更疏。　　衾凤冷，枕鸳孤。愁肠待酒舒。梦魂纵有也成虚。那堪和梦无。

后 记

　　飞花令,原本是古人行酒令时的一种文字游戏,得名于唐代诗人韩翃《寒食》中的名句"春城无处不飞花",有灵动迅速之寓意。按照惯例,行飞花令时可选用诗词曲中的句子,但选择的句子一般不超过七个字。如今,它已成为人们喜闻乐见的一种诗歌"竞技"的娱乐方式,也成了展示传统文化的一个有效窗口。《飞花令选录诗词》收录了"春、秋、风、花、雪、月、国、家、山、水、诗、酒",共12个主题字。为了更好地理解含主题字的诗句,本书采用的是辑录全诗的方式,以诗词为主。我们期待通过这项工作,可以让更多的人成为古典诗词的"同好",共同推动中华优秀传统文化的传承与发展。

编 者

高静　苗雨　主编

中华传统文化经典诵读手册

◎套书主编　钱进　赵鹏　汪颖　◎编审　康秀玲

中华经典

诗词曲目

南京大学出版社

图书在版编目(CIP)数据

中华经典诗词曲目 / 高静,苗雨主编. —南京:
南京大学出版社,2025.3
(中华传统文化经典诵读手册 / 钱进,赵鹏,汪颖
主编;4)
ISBN 978 - 7 - 305 - 24999 - 0

Ⅰ.①中… Ⅱ.①高… ②苗… Ⅲ.①诗词—作品集
—中国②歌曲—中国—选集 Ⅳ.①I22②J642

中国版本图书馆 CIP 数据核字(2021)第 195017 号

出版发行　南京大学出版社
社　　址　南京市汉口路22号　邮　编　210093
套 书 名　中华传统文化经典诵读手册
套书主编　钱　进　赵　鹏　汪　颖
书　　名　**中华经典诗词曲目**
　　　　　ZHONGHUA JINGDIAN SHICI QUMU
主　　编　高　静　苗　雨
责任编辑　高　军　钱梦菊　　编辑热线　025 - 83592146
照　　排　南京开卷文化传媒有限公司
印　　刷　南京京新印刷有限公司
开　　本　787 mm×1092 mm　1/32　印张 2.375　字数 35 千
版　　次　2025 年 3 月第 1 版　2025 年 3 月第 1 次印刷
ISBN　978 - 7 - 305 - 24999 - 0
定　　价　60.00 元(全 6 册)

网　　址:http://www.njupco.com
官方微博:http://weibo.com/njupco
微信服务号:njuyuexue
销售咨询热线:(025)83594756

前　言

　　呈现在各位老师和同学面前的是江苏师范大学组织编写的一套系列诵读手册,共有六册,分别是《中华传统节日古诗词精选》《歌咏徐州古诗词精选100首》《飞花令选录诗词》《中华经典诗词曲目》《诗词联格律概要》和《中国现当代诗歌中的党史》。这是我校多年"中华母语节"活动的成果集萃。

　　这套手册的编写,是我们实现高校对中华优秀传统文化传承发展的探索,是落细落小落实的举措。它的重要现实意义在于:坚定文化自信,提升大学生对中华优秀传统文化的认知度和接受度;深化博雅教育,提升大学生的人文情怀和审美品位;推进教学改革,着力探索中华优秀传统文化进校园进课堂的重点和支点。

　　我校的办学定位中特别强调了要建设"有品位"的高水平大学,确定了"守正出新,坚志勇为"

1

的校园精神，其中就蕴含着对于中华优秀传统文化要担负起继承和创新的历史使命，要培养具有较高品位的文化传播者和创新型人才。多年来，我们致力于将传统文化资源引入教育教学体系，开展了一系列创新性探索，例如合作举办海峡两岸大学生古典诗词联吟大会，研发创作汉风乐舞，在华佗"五禽戏"的基础上创意研发"中华五禽操"，研究作为足球起源之一的汉代蹴鞠并重现蹴鞠竞赛场景，开设汉文化进校园系列课程等。这些探索体现了我们对于发挥现代大学的第四个功能——文化传承与创新的积极实践，也是我们在新的起点上再次出发的坚实基础。

文化先哲孔子曾说人才的成长应当"兴于诗，立于礼，成于乐"。让我们从欣赏古诗词出发，从党的百年奋斗征程中感悟，去进入中华优秀传统文化宝库，接受中华美学精神的濡染，感受红色革命文化的壮怀。唯有先筑牢民族传统文化根基，才能更加自信地参与世界不同文明的交流互鉴，也才能成为具备中华人文情怀和世界发展眼光的新时代建设者。

编　者

2025 年 1 月

目 录
contents

1. 关　雎

《诗经·周南》

关关雎鸠，在河之洲。

窈窕淑女，君子好逑。

参差荇菜，左右流之。

窈窕淑女，寤寐求之。

求之不得，寤寐思服。

悠哉悠哉，辗转反侧。

参差荇菜，左右采之。

窈窕淑女，琴瑟友之。

参差荇菜，左右芼之。

窈窕淑女，钟鼓乐之。

关 雎

1=F 4/4

慢速 稍自由

赵季平 曲

3 6. 6 5 | 2 - - - | 1 3 3 - 2 6. 3 6 7 0 | i 1 2 7 6 6 7 1 | 5 5 3 - 3

2 1 1 - - 6 - - - | 3 - - -) | 3 5 6 7 7 6 6 3 | 3 5 2 0 3 6 0
关关雎鸠在河之洲 窈窕 淑女

7 6 5 5 2 | 2 - 6 2 .) | 3 5 5 3 7 6 6 7 | 5 4 0 4 6 0 | 5 5 4 . 6 6 - 0 0
君子好 逑 参差荇菜左右流之 窈窕 淑女 寤寐求 之

7 2 4 6 | 5 6 6 - -) | 3 2 2 2 2 - | 1 2 2 6 6 - | 6 5 5 6 2 6 6 2 | #4 3 3 - -
求之不得 寤寐思服 悠哉悠哉辗转反 侧

3 2 2 2 2 - | 1 2 2 6 6 - | 6 5 5 6 2 6 6 2 | 5 6 0 0 0 | 6 - - -
求之不得 寤寐思服 悠哉悠哉辗转反 侧

i 6 6 3 6 7 i 3 | 2 - 6 - | 7 7 5 5 6 6 2 5 | 6 - 3 - | i 6 6 3 6 7 i 3 | 2 - 6 -
参差荇菜左右采 之 窈窕淑女琴瑟友 之 参差荇菜左右芼 之

7 7 5 5 6 6 2 5 | 6 - - 0 | 2/4 (1 2 0 3) | 4/4 4 4 6 6 . 0 | 3 2 2 - 6 | 6 6 -
窈窕淑女钟鼓乐 之 窈窕淑女 钟鼓乐 之

6 - - - | 6 7 i 5 5 5 | 2/4 0 3 6 7 | 4/4 i 1 2 7 6 6 7 6 | 5 5 3 - 3 | 2 1 1 - -

6 - - - | 3 5 6 7 7 6 6 3 | 3 5 2 0 3 6 0 | 7 6 5 5 2 | 2 - 6 2 .)
关关雎鸠在河之洲 窈窕 淑女 君子好 逑

3 5 5 3 7 6 6 7 | 5 4 0 4 6 0 | 5 5 4 . 6 6 - - - | (7 2 4 6 | 5 6 6 - -
参差荇菜左右流之 窈窕 淑女 寤寐求 之

6 - - -) ‖

2. 在水一方

琼瑶　词

（根据《诗经·蒹葭》改编）

绿草苍苍，白雾茫茫，有位佳人，在水一方。

绿草萋萋，白雾迷离，有位佳人，靠水而居。

我愿逆流而上，依偎在她身旁。

无奈前有险滩，道路又远又长。

我愿顺流而下，找寻她的方向。

却见依稀仿佛，她在水的中央。

我愿逆流而上，与她轻言细语。

无奈前有险滩，道路曲折无已。

我愿顺流而下，找寻她的足迹。

却见依稀仿佛，她在水中伫立。

绿草苍苍,白雾茫茫,有位佳人,在水一方。

原诗如下:

蒹葭苍苍,白露为霜。所谓伊人,在水一方。

溯洄从之,道阻且长。溯游从之,宛在水中央。

蒹葭萋萋,白露未晞。所谓伊人,在水之湄。

溯洄从之,道阻且跻。溯游从之,宛在水中坻。

蒹葭采采,白露未已。所谓伊人,在水之涘。

溯洄从之,道阻且右。溯游从之,宛在水中沚。

在水一方

1=D 4/4

琼 瑶 词
林家庆 曲

中速 稍慢

绿草苍苍,白雾茫茫,有位佳
绿草萋萋,白雾迷离,有位佳

人 在 水 一 方。绿
人 靠 水 而 居。

我愿逆流而上,
我愿逆流而上,

依偎 在她身 旁,无奈 前有险 滩,道 路 又远又 长,
与她 轻言细 语,无奈 前有险 滩,道 路 曲折无 已,

我 愿顺流 而下, 找寻她的方 向, 却 见 依稀仿 佛, 她
我 愿顺流 而下, 找寻她的足 迹, 却 见 依稀仿 佛, 她

在水 的中 央。
在水 中伫 立。

4

3. 长相知

汉乐府《上邪》

上邪！

我欲与君相知，长命无绝衰。

山无陵，江水为竭，冬雷震震，夏雨雪，天地合，

乃敢与君绝！

长相知

1=D 4/4

汉·乐府
石夫 曲

中速 深情地

$\widehat{\overset{5}{\text{7}}3}$. $\underline{5}$ $\underline{6\dot{1}}$ $\underline{5}$ 6. $\underline{5}$ | 6 - | 4/4 $\widehat{\overset{5}{\text{7}}3}$. $\underline{5}$ $\underline{6\dot{1}}$ 5 $\widehat{\overset{\dot{1}}{\text{7}}6}$. $\underline{5}$

上　　　　　邪！

6. $\underline{\dot{1}\dot{2}}$ 3 $\underline{\dot{1}\dot{2}\dot{1}}$ 6. $\underline{5}$ | $\overset{\dot{1}}{\text{7}}6$ - - 0 | $\widehat{\overset{5}{\text{7}}5}3$ $\underline{5}$ $\underline{6\dot{1}}$ $\widehat{5}$ 3

我欲 与君

$\underline{5}3$ $\underline{321}$ 2 $\underline{0312}$ 1 | 2/4 $\overset{3}{\text{7}}2$ - | 4/4 1. $\underline{3}$ $\underline{216}$ $\widehat{\overset{\dot{1}}{\text{7}}6}$. $\underline{1}$

长　相　知，　　长　命　毋

3. $\underline{6}$ $\underline{53}$ $\overset{3}{\text{7}}2$ $\underline{0323}$ 1 | $\widehat{\overset{5}{\text{7}}3}$. $\underline{23}$ - | 6 $\widehat{653}$ $\underline{56\dot{1}}$ 5 6

绝　　　衰。　　山　无　棱，

$\overset{\cdot}{2}$ $\underline{2\dot{1}}$ $\underline{6\dot{1}}$ 5 $\overset{5}{\text{7}}3$ - | $\dot{1}$ $\underline{6535}$ $\underline{213}$ 3. $\underline{25}$ | 6 $\widehat{65}$ $\underline{321}$ 2. $\underline{3}$ $\underline{121}$

江水为　竭，　冬雷　震　震，夏雨　雪，

2/4 $\overset{3}{\text{7}}2$ - | 4/4 $\underline{1}2\dot{6}$ $\underline{135}$ $\underline{213}$ | $\overset{3}{\text{7}}23$ $\underline{56}$. $\underline{\dot{1}2}\overset{3}{\text{7}}\dot{1}$ | $\widehat{\overset{\dot{1}}{\text{7}}6}$. $\underline{56}$ -

天　地　合，　乃　敢　与　君　绝！

$\dot{1}$. $\underline{\dot{2}}$ $\underline{\dot{2}\dot{1}}$ $\underline{65}$ $\overset{5}{\text{7}}3$ | $\underline{53}$ $\underline{231}$ $\underline{235}$. | $\widehat{\overset{5}{\text{7}}3}$. $\underline{235}$ $\underline{6\dot{1}}$ $\widehat{5}$ 3

长　相　知，（啊）长　相　知，　　长　相

6. $\underline{\dot{1}\dot{2}}$ $\underline{3\dot{1}}\overset{\dot{1}}{\text{7}}\dot{1}$ $\widehat{\overset{\dot{1}}{\text{7}}6}$. $\underline{5}$ | $\overset{5}{\text{7}}6$ - - 0 ‖

知。

6

4. 越人歌

[汉]刘向《说苑·善说》

今夕何夕兮,搴洲中流。

今日何日兮,得与王子同舟。

蒙羞被好兮,不訾诟耻。

心几烦而不绝兮,得知王子。

山有木兮木有枝,

心悦君兮君不知。

越人歌

1=F 4/4

刘向《说苑·善说》
谭盾 曲

节奏自由、哀怨、悲凄的

6 6 5 6 7 | 6 . ♯4 3 - | 3 6 1 . 7̣ 6̣ | 6 0 0 0 | 6 6 6 . 0 | 5 6 7 2̇ 6 . ♯4
今夕何 夕兮，　　　塞舟　中 流。　今日　何日 兮，

3 - 0 0 | 3 6 1 . 7̣ 6̣ | 6 7 2 2 | 0 3 5 6 - | 7 3 2 2 ᵛ 3 5 | 6 - 7 3 2 | 2̇ 3 5 6 -
　得与 王子 同舟。蒙 羞 被 好兮不 　嘗 诟 耻心几烦

6 6 2 i i | i 7 6 2 4 -ᵛ | 0 3 2 5 1 0 | 0 7 6̣ 7̣ 2 2 | 0 0 0 2̇ | 2̇ i 2̇ 3̇ 2̇
而 不绝 兮，　　　得知 王子。　山 有 木 兮

2̇ 7 6 -ᵛ 2̇ | 2̇ i 2̇ 3̇ 2̇ | 2̇ 7 6ᵛ 6̣ 2 i | i 7 6̣ 2 4 0 3 | 2 5 1 0 7̣ 6̣ | 6̣ 7 2 2
木 有枝 兮，　心 悦 君兮，　君 不 知君不 知

0 0 1 7̣ 6̣ | 6̣ 0 0 0 ‖
君 不 知。

5. 送元二使安西

[唐]王 维

渭城朝雨浥轻尘，
客舍青青柳色新。
劝君更尽一杯酒，
西出阳关无故人！

阳关三叠

1=♭A $\frac{4}{4}$

充满感情地

[唐] 王 维 词
夏一峰 曲

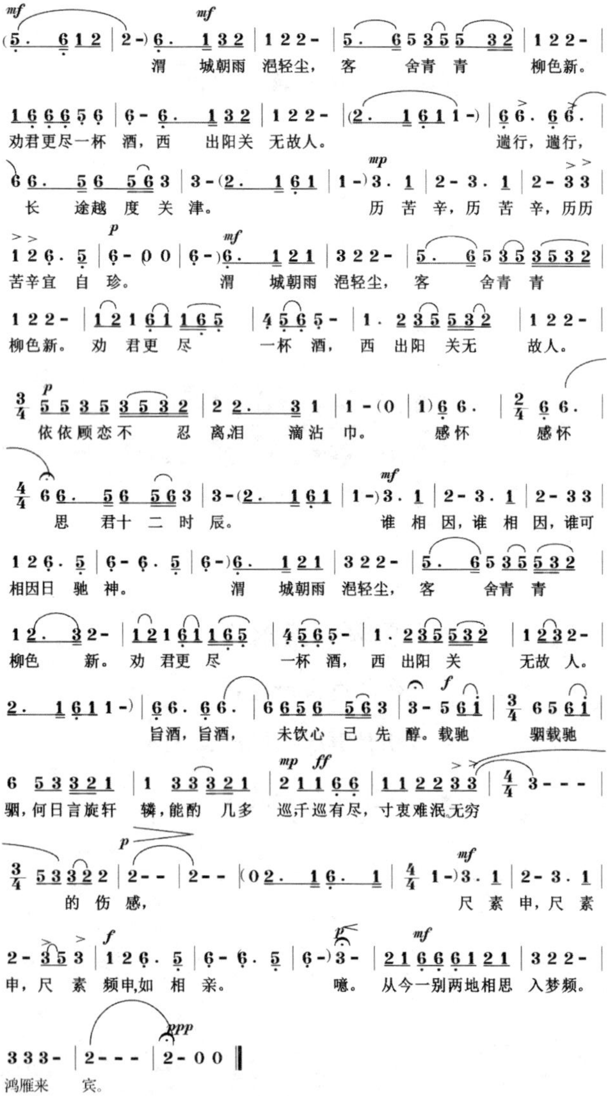

6. 花非花

［唐］白居易

花非花，雾非雾，
夜半来，天明去。
来如春梦几多时？
去似朝云无觅处。

花非花

1=D 4/4

行板 温柔地

[唐] 白居易 词
黄 自 曲

p

5 6 5 5 3 | i 2 i i 6 | 5 5 5 i 6 . 5 | 3 2 1 2 - | 2 3 5 6 5 | 5 2 i 6 -

花非 花，雾非 雾。夜半 来， 天明 去。 来如 春梦 几多 时？

pp

i 6 i 5 3 5 | 6 2 . 3 i - ‖

去似 朝云 无 觅处。

12

7. 无　题

[唐]李商隐

相见时难别亦难，东风无力百花残。
春蚕到死丝方尽，蜡炬成灰泪始干。
晓镜但愁云鬓改，夜吟应觉月光寒。
蓬山此去无多路，青鸟殷勤为探看。

别亦难

[唐] 李商隐　词
何占豪　曲
房祖仁　制谱

1 = F 2/4

♩ = 60

(0676 7653 | 0676 7653 | 0676 7654 | 3·2 36 | 0232 3216 |

0232 3216 | 0232 3217 | 6·75 66) ‖: 66 567 | 6·7 65 |
　　　　　　　　　　　　　　　　　　　　　相见 时　难

3·6 562 | 3 - 66 567 | 6·7 65 | 3·6 562 | 3 - 3·4 3432 |
别亦 难，东风无 力　　百 花 残。春蚕到

12 16 | 3·6 3632 | ²2 - | 5 3 7 6765 | 3432 1 | 5·6 2317 |
死　　丝方 尽，蜡炬 成灰 泪始 干，泪始

6 - | 6·7 6 - | i·2 i2i7 | 6 - 6·i7 | 6·5 | 35 6 653 |
干。(啊)　相 见 难，(啊)　　别 亦

2 - | 1·3 231 | 5·6 2317 | [1.] 6 - | 6 - 6·2 i2i7 | 6 -
难， 蜡炬 成灰 泪 始　 干。

6·2 i2i7 | 607 65 | 3·6 653 | 2 - | 1·3 21 | 5·6 2317 |

6 35 66 | 035 66) :‖ [2.] 1·3 231 | 5·6 2317 | [035 66] 6 - | 035 66)
蜡炬 成灰 泪 始　 干。

慢
1·3 231 | 5·6 2317 | 6 - 6· | (i7 | 6·i | 765 | 6 - 6 -) ‖
蜡炬 成灰 泪始　 干。

8. 菩萨蛮

[唐]温庭筠

小山重叠金明灭，鬓云欲度香腮雪。

懒起画蛾眉，弄妆梳洗迟。

照花前后镜，花面交相映。

新帖绣罗襦，双双金鹧鸪。

菩萨蛮

1 = D 4/4

[唐] 温庭筠　词
刘 欢　曲
桃李醉春风　记谱

(6 3 6 7 i 2 5 7 | 6 3 6 7 i 2 5 7 | 6 3 6 7 i 2 5 7 | 6 3 6 7 i 2 5 7)|

6 - 3 | 2· 5 5 - | 6 - 5 6 2 | 3 - - 0 | 5 5 - 4 5 | 2 3 6 1 -|
小 山　　重 叠　金 明　　灭，　　鬓 云　　欲 度

2 - 3 6 | 7 - - 0 ‖: 2 3 6 2 1 4 | 4· 5 4 - | 6 5 5 6 5 6 2 |
香 腮　雪。　　　　懒 起 画 蛾 眉，　　弄 妆 梳 洗

3· 5 3 - | #4 - 4 3 4 | 6 7 2 - | 1 1 2 6 | 7 - - - | 7 - 7 -|
迟。　　　照 花　前 后 镜，花 面 交 相　映。　　新 贴

6 7 2 5 - | #4 4 6 2 | 3 - - - | 2 - 2 - | 3 6 1 - | 7 7 2 5 -|
绣 罗 襦，双 双 金 鹧 鸪。　　新 贴　绣 罗 襦，双 双 金 鹧

[1.]
6 - - - | (6 - 3 - | 2· 5 5 - | 6 - 5 6 2 | 3 - - - | 5 5 - 4 5 |
鸪。

2 3 6 1 - | 2 - 3 6 | 7 - - -) :‖
[2.]
6 - - - | 7 - 7 - | 2 - 5 - |
鸪。　　双 双　金 鹧

6 - - - | 6 - - - ‖
鸪。

9. 念奴娇·赤壁怀古

[宋]苏轼

大江东去，浪淘尽，千古风流人物。

故垒西边，人道是，三国周郎赤壁。

乱石穿空，惊涛拍岸，卷起千堆雪。

江山如画，一时多少豪杰。

遥想公瑾当年，小乔初嫁了，雄姿英发。

羽扇纶巾，谈笑间，樯橹灰飞烟灭。

故国神游，多情应笑我，早生华发。

人生如梦，一尊还酹江月。

大江东去

1=G $\frac{4}{4}$

稍慢 庄严地

[宋] 苏轼 词
青主 曲

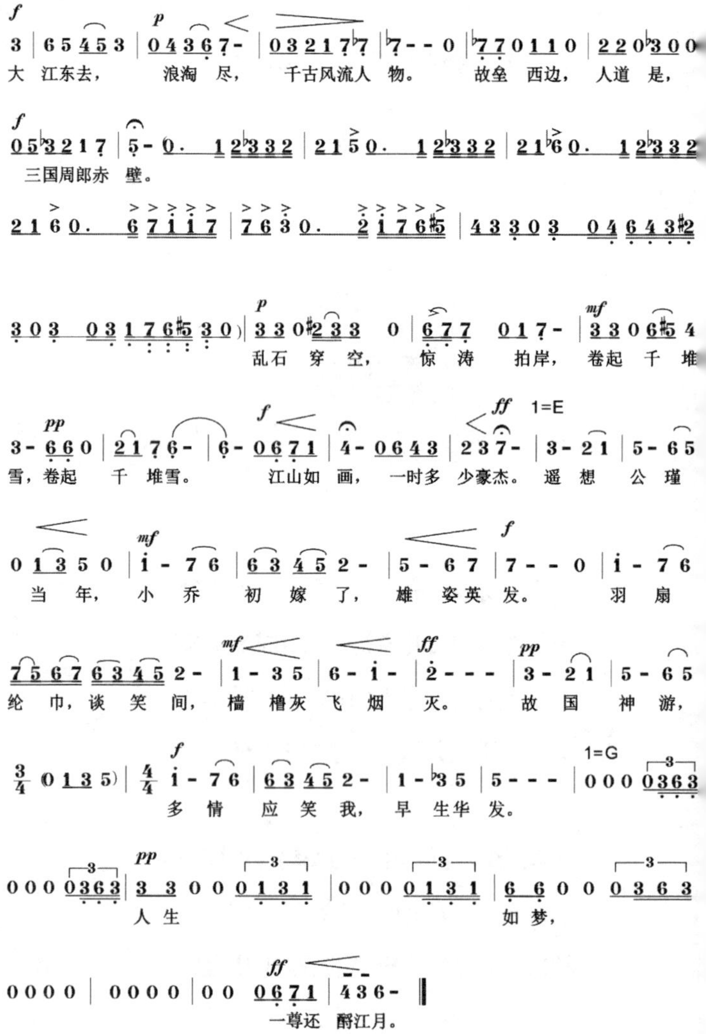

10. 水调歌头

［宋］苏 轼

明月几时有？把酒问青天。

不知天上宫阙，今夕是何年。

我欲乘风归去，又恐琼楼玉宇，高处不胜寒。

起舞弄清影，何似在人间。

转朱阁，低绮户，照无眠。

不应有恨，何事长向别时圆？

人有悲欢离合，月有阴晴圆缺，此事古难全。

但愿人长久，千里共婵娟。

但愿人长久

1=E 4/4

中速 深情地、凄美地

[宋] 苏 轼
梁弘志

11. 如梦令

[宋]李清照

常记溪亭日暮，沉醉不知归路。

兴尽晚回舟，误入藕花深处。

争渡，争渡，惊起一滩鸥鹭。

如梦令

1=G 4/4

♩=50 典雅

[宋] 李清照 词
王 超 曲

12. 一剪梅

[宋]李清照

红藕香残玉簟秋。轻解罗裳,独上兰舟。
云中谁寄锦书来?雁字回时,月满西楼。

花自飘零水自流。一种相思,两处闲愁。
此情无计可消除,才下眉头,却上心头。

月满西楼

[宋] 李清照 词
苏越 曲

1=G 4/4

3 2 3 2 1 2 2 6 | 7. 2 7 6 5 6 | 3 2 3 2 1 2 2 6 | 7. 5 6. 5 | 6 - - -

6 3 6 5 2 3 6 5 3 - | 6 6 5 6 7　6 - | 6 5 6 2　3 - | 3 3 2 3 1　2 -
　　　　　　　　　　红藕香　残，　玉簟　秋，　轻解罗　裳

2 2 2 3 #4　3 - | 6 6 5 6 7　6 - | 6 7 6 5 2 3 - | 3 3 2 3 1　2 -
独上兰　舟。　云中谁　寄　锦书　来，　雁字回　时，

5.　　3 7 6 5　6 - | 6 7 6 7 6 7 2 7 6 7 6 7 6 7 6 5
月　满西　楼。

3 2 3 2 3 2 5 3 6 7 6 7 6 7 5 7 ‖: 6 6 i 2 7 6 i. 7 | 6 2 2 7 6　5 -
　　　　　　　　　　　　　　　　花自飘　零　水自　流，

2　0 3 2 3 5　6 6 3 4 3 2 | 1. 2 3 5. 3 5 | 6 6 i 2 7 6 i. 7
一 种 相思　两处闲　愁。　　此情无　计

6 2 2 7 6　5. 3 | 2　0 3 2 3 5　6 6 3 4 3 2 | [1] 1. 2 3 5. 3 5
可 消　除，　才　下 眉头 却上心　头，

2. 3 7 6 5　6 - | 6 7 6 7 6 5 | 3 2 5 6 3 - | 6 7 2 7 6 5 | 3 2 5 6 6 - :‖
却　上心　头。

[2] 1. 2 3 5. 3 5 | 2. 3 7 6 5　6 - | 5. 6 i. 7 | 6 - - - ‖
头，　　　却　上心　头。　却 上心　头。

13. 卜算子

[宋]李之仪

我住长江头,君住长江尾。
日日思君不见君,共饮长江水。

此水几时休,此恨何时已。
只愿君心似我心,定不负相思意。

我住长江头

[宋] 李之仪 词
青主 曲

1 = G 6/8

中速

2· 3· | 5· 3· | 6· 3· | (6· 3·) | 2· 3· | 5· 3· |
我　住　　长　江　头，　　　　　　君　住　长　江

7· 6· | (7· 6·) | 1· 1· | 7· 6· | 3· 1· | 6· 6· |
尾，　　　　　　日　日　思　君　不　见　君，

2· 3· | #4· 5· | 6· 2· | (6· 2·) | 5· 5· | 5· 6· |
共　饮　　长　江　水。　　　　　　此　水　几　时

_p_

6· 5· | (6· 5·) | 5· 5· | 6· 7· | 5· 5· | (2· 1·) |
休？　　　　　　此　恨　何　时　已？

1· 1· | 7· 5· | 6· 5· | 3· 5· | 2 3 1· | 7· 6· 7 |
只　愿　君　心　似　我　心，　　定　不　负　相　思

5· 5· | (5· 5·) | 3· 3· | #2· 6· | 6· 3· | (2· 1·) |
意。　　　　　　此　水　几　时　休？

_p_

5· 5· | 6· 7· | 5· (6· 6· 5·) | 6· 6· | 6· 6· |
此　恨　何　时　已？　　　　　　　只　愿　君　心

渐慢

2· 5· | 6· 7· | 1· 1· 7· | 7· 6· 5· 5· | 4· |
似　我　心，　　定　不　负　相　思　意。

原速

3· 3· | 2· 6· | 6· 3· | (2· 1·) | 5· 5· | 6· 7· |
此　水　几　时　休？　　　　　　此　恨　何　时

5· (6· | 6· 5·) | 1· 1· | 7· 5· | 6· 3· |
已？　　　　　只　愿　君　心　似　我

_ff_ 慢　　　　　　　　　原速

3· 5· | 6 7 6· | 2· 1· | 1· 1· | 1· 1· |
心，　　定　不　负　相　思　意。

14. 满江红

[宋]岳 飞

怒发冲冠,凭栏处、潇潇雨歇。抬望眼,仰天长啸,壮怀激烈。三十功名尘与土,八千里路云和月。莫等闲、白了少年头,空悲切!

靖康耻,犹未雪。臣子恨,何时灭! 驾长车,踏破贺兰山缺。壮志饥餐胡虏肉,笑谈渴饮匈奴血。待从头、收拾旧山河,朝天阙。

满江红

[宋] 岳飞 词
古曲
杨荫浏 配伴奏

1=F 4/4

3 5 5̣ 6̣ 1 | 2 3̂ 2 1 . 0 | 6̣ 5̣ 6̣ 1 2 3 5 | 2 - - - | 3 1̂ 3 5 . 0 | 1 5̇ 6̂ 3 2 . 0 |
怒发冲 冠,凭栏 处　潇潇 雨　　歇。　抬望 眼,　仰天长 啸,

1 . 3 2 1̇ 6̣ | 5 . 0 | 5 5̂ 6 3 3̂ 1 | 2 . 3 2 . 0 | 3　5 1̇ 6 5 | 3 2 3̂ 2 1 . 0 |
壮　怀激　烈。　三十功名　尘 与土,　八 千里路　云和　月。

5̣ 1 2 3 5 | 1 . 2 3 . 0 | 2 1̇ 6 5 . 0 | 5 - 5̂ 6 1 | 2 3̂ 2 1 . 0 | 6̣ 5̣ 6̣ 1̂ 2 3 5 |
莫等闲白了　少 年头,　空悲切。　靖 康耻,犹未 雪,　臣子恨,何时

2 - - 0 | 3 1̂ 3 5 . 0 | 1 5̇ 6 3 2 . 0 | 1 . 3 2 1̇ 6̂ | 5 | 5 5̂ 6 3 . 1 |
灭!　驾长车,　踏 破 贺 兰山　缺。壮志 饥 餐

2 . 3 2 . 0 | 3 . 5 1̇ 6̂ 5 | 3 2 3̂ 2 1 . 0 | 5̣ 1 2 3 5 | 1 2̇ 3 . 0 | 2̇ 1̇ 6 5 . 0 |
胡 虏肉,　笑 谈渴饮　匈奴 血。　待从头收拾　旧山河,　朝天 阙。

15. 相见欢

〔南唐〕李　煜

无言独上西楼，月如钩。寂寞梧桐深院锁清秋。
剪不断，理还乱，是离愁，别是一般滋味在心头。

独上西楼

[南唐] 李 煜 词

刘家昌 曲

1=G 4/4

```
0  5 ‖: i - - 7 3 7 | 6 - - - | 2 - - 7 6 7 | 5 - - 0 3 2
```
无 言　　独 上 西 楼，　　月　如　钩，　　寂

```
3 - - 5 1 7 | 6 - - 0 5 3 | 2 - 2 2 6 7 | 5 - - 3 5
```
寞 梧 桐 深 院 锁 清 秋。 剪 不

```
3 - - 7 2 | 6 - - - | 2 - - 7 6 7 | 5 - - 0 3 2
```
断， 理 还 乱， 是 离 愁。 别

```
3 - - 5 1 7 | 6 - - - | 7 - - 5 7 2 | i - - 0  5 :‖
```
有 一 番 滋 味 在 心 头。 无

1. 转 1=♭A

```
2. i - - - ‖
```
头。

16. 虞美人

[南唐]李　煜

春花秋月何时了？往事知多少。

小楼昨夜又东风，故国不堪回首月明中。

雕栏玉砌应犹在，只是朱颜改。

问君能有几多愁？恰似一江春水向东流。

虞美人

[南唐] 李煜 词
谭键常 曲

1 = F 4/4

(6· 1̇ 1̇ 3 | 5· 65 3 | 23 51 7̣ | 6̣ - - - | 6̣· 2̇ 2̇ 1̇ 7̇

6̣· 53 1 | 23 51 7̣ | 6̣ - - - | 6̣ - - -) ‖: 6̣· 53 5

春 花 秋 月

6 65 3 - | 6̣· 12 53 | 2 - - - | 6̣· 2̇ 2̇ 1̇ 7̇ | 6̣· 53 -
何 时 了？ 往 事 知 多 少！ 小 楼 昨 夜 又 东 风，

25 53 22 3 17̣ | 6̣ - - - | 1· 6̣6̣ 1 | 25 3 2 - | 5· 33 5
故 国 不 堪 回 首， 月 明 中。 雕 阑 玉 砌 应 犹 在， 只 是 朱 颜

6 - - - | 2· 3̇ 1̇ 1̇2̇ | 6̣1̇ 5̇6̣ 3 - | 25 53 22 3 17̣
改！ 问 君 能 有 几 多 愁？ 恰 似 一 江 春 水 向 东

[1.]
6̣ - (06̣ 13 | 1̇ - - 7̇6 | 5· 65 3 | 1̇ - - 7̇6 | 7 - - 3
流。

3 - - 2̇1̇ | 23 25 | 62̇3̇ 25 | 6 - - - | 6 - - -) :‖ 6̣ - - -
流。

[2.]
1· 6̣6̣ 1 | 25 53 2 - | 5· 33 5 | 6 - - - | 2· 3̇ 1̇ 1̇2̇
雕 阑 玉 砌 应 犹 在， 只 是 朱 颜 改！ 问 君 能 有

6̣1̇ 5̇6̣ 3 - | 25 53 22 3 17̣ | 6̣ - - - | 25 53 22 3 17̣
几 多 愁？ 恰 似 一 江 春 水 向 东 流。 恰 似 一 江 春 水 向 东

6̣ - - - | 25 53 22 3 17̣ | 6̣ - - - | (6̣1̇ - 63 | 5· 65 3
流。 恰 似 一 江 春 水 向 东 流。 D.S.

23 51 7̣ | 6̣ - - - | 6̣2̇· 17̇ | 6·531 | 23 51 7̣ | 6̣ - - - | 6̣ - -

17. 临江仙

〔明〕杨 慎

滚滚长江东逝水，浪花淘尽英雄。

是非成败转头空。

青山依旧在，几度夕阳红。

白发渔樵江渚上，惯看秋月春风。

一壶浊酒喜相逢。

古今多少事，都付笑谈中。

滚滚长江东逝水

〔明〕杨　慎　词
谷建芬　曲
罗文毅　制谱

1=♭D　4/4　2/4

♩=52或58

（ 2 - - - | 2 - - - | 6 - - - | 6 1 2 3 5) | 6 5 6 i | 7 6 6 5 ♯4 |
　　　　　　　　　　　　　　　　　　　　　　　滚 滚 长 江 东 逝

3 - - - | 2 3 2 1 6 1 2 1 2 | 3 - - - | 5 5 0 5 3 5 3 5 |
水，　　　浪 花 淘 尽 英 雄。　是 非 成 败 转

6 6 6 3 2 1 | 2 1. | 2 2 2 2 1 2 3 5. | 3 5 6 7 5 6 | 6 - |
头 空，青 山 依 旧 在，几 度 夕 阳 红。

2 2 2 2 3 2 1 2 3 5. | 3. 5 6 7 5 6 | 6 -) | 2 2 2 1 6 | 1 - |
　　　　　　　　　　　白 发 渔 樵

2 3 5 6 1 0. | 2 2 6 6 | 5. 3. 3 - | 6 6 6 1 2 3 2 1. 7 |
江 渚 上，　惯 看 秋 月 春 风。　一 壶 浊 酒

6 2 i. 2 7 6 5. | 3 5 6 6 i 2 i 2 | 3 - - - | 3 2 5 |
喜 相 逢，古 今 多 少 事，都 付 笑 谈

6 - - - | 3 - - 3 2 5 5 | 6 - - - | 6 - - - | 6 0 0 0 ‖
中。　笑 谈 中。

34

18. 红豆词

[清]曹雪芹

滴不尽相思血泪抛红豆，开不完春柳春花满画楼。

睡不稳纱窗风雨黄昏后，忘不了新愁与旧愁。

咽不下玉粒金莼噎满喉，照不见菱花镜里形容瘦。

展不开的眉头，挨不明的更漏。

呀！恰便似遮不住的青山隐隐，流不断的绿水悠悠。

红豆词

1=♭E 4/4

［清］曹雪芹 词
刘雪庵 曲

mp 慢中板 连绵地

```
6 3 5 6  5 2 3 5 | 3 1 2 3  2 - | 3 1 2 3  2 6 1 2
滴不尽， 相思血泪  抛红  豆，    开不完， 春柳春花
```

```
7 5 7  6 - | 6. 1 2 0  1 2 3 2 | 3  5  6  -
满 画  楼；   睡 不 稳， 纱窗风雨  黄 昏 后，
```

mf
```
5. 3 5 0  1 3 6 | 5 6 1 2  3 - | 6. 3 6  1 5 6 7
忘 不 了， 新 愁 与 旧  愁。    咽 不 下， 玉粒金莼
```

```
6  3  5  - | 6. 3 6 5  6 1 2 3 | 2  6  1  -
噎 满 喉，    照 不 见， 菱花镜里  形 容 瘦。
```

mf
```
6  5. 6 3 3 0 | 5 1. 6  2 2 0 | 1 6. 1  5 5 0
展 不 开 眉 头， 捱 不 明 更  漏， 展 不 开 眉 头，
```

```
2  1. 3 6 6  0 | 6.   7 5 3 | 1 2 7 6.  ∨6 7
捱 不 明 更 漏。    呀，        呀，      恰 似
```

f

```
6 3 5 6  5 2 3 5 | 3 1 2 3  2 - | 3 1 2 3  2 6 1 2
遮不住的 青 山  隐    隐，    流不断的 绿  水
```

mf

```
7 5 7  6 - | 6. 7 5 3 | 1 2 7 6.  ∨6 7 | 6 3 5 6  5 2 3 5
悠   悠。   呀，       呀，   恰 似 遮不住的 青  山
```

f

```
3 1 2 3  2 - | 3 1 2 3  2 6 1 2 | 7 - 5 - | 6 - - -
隐    隐，    流不断的 绿 水  悠      悠。
```

mp

36

19. 枉凝眉

［清］曹雪芹

一个是阆苑仙葩，一个是美玉无瑕。

若说没奇缘，今生偏又遇着他；

若说有奇缘，如何心事终虚化？

一个枉自嗟呀，一个空劳牵挂。

一个是水中月，一个是镜中花。

想眼中能有多少泪珠儿，

怎禁得秋流到冬尽，春流到夏！

枉凝眉

1=E 4/4

[清] 曹雪芹 词

稍慢

王立平 曲

一个是阆苑仙葩 一个是美玉无 瑕

若说 没 奇缘 今生偏又遇 着他 若说 有奇

缘 为何 心事终 虚 化 啊

啊 一个 枉自嗟 呀

一个 空劳牵 挂 一个是水 中月, 一 个是镜 中

花 想眼中能 有 多少 泪珠儿 怎禁

得 秋 流到冬 尽 春 流到 夏

6 - - -

20. 送　别

李叔同

长亭外，古道边，芳草碧连天。

晚风拂柳笛声残，夕阳山外山。

天之涯，地之角，知交半零落。

一瓢浊酒尽余欢，今宵别梦寒。

长亭外，古道边，芳草碧连天。

晚风拂柳笛声残，夕阳山外山。

送 别

1=C 4/4

李叔同 词
奥特维 曲

5 3̲5̲ i̇ · 7̲ | 6 i̇ 5 - | 5 2̲3̲4̲ · 7̲ | 1 - - - | 5 3̲5̲ i̇ - | 6 i̇ 5 - | 5 1̲2̲3̲ 2̲1̲

　　　　　　　　　　　　长亭　外，　古道边，　芳草　碧连
　　　　　　　　　　　　长亭　外，　古道边，　芳草　碧连

2 - 0 0 | 5 3̲5̲ i̇ · 7̲ | 6 i̇ 5 - | 5 2̲3̲4̲ · 7̲ | 1 - 0 0 | 6 i̇ i̇ - | 7̲6̲7̲ i̇ -

天。　晚风　拂柳　笛声残，　夕阳　山外　山。　　天之涯，　地之角，
天。　问君　此去　几时来，　来时　莫徘徊。　　天之涯，　地之角，

6̲7̲i̇6̲6̲5̲3̲1̲ | 2 - 0 0 | 5 3̲5̲ i̇ · 7̲ | 6 i̇ 5 - | 5 2̲3̲4̲ · 7̲ | 1 - - - ‖

知交　半零落。　　一壶　浊酒　尽余欢，　今宵　别梦寒。
知交　半零落。　　人生　难得　是欢聚，　惟有　别离多。

21. 教我如何不想她

刘半农

天上飘着些微云,地上吹着些微风。

啊!

微风吹动了我头发,教我如何不想她?

月光恋爱着海洋,海洋恋爱着月光。

啊!

这般蜜也似的银夜,教我如何不想她?

水面落花慢慢流,水底鱼儿慢慢游。

啊!

燕子你说些什么话? 教我如何不想她?

枯树在冷风里摇。野火在暮色中烧。

啊!

西天还有些儿残霞,教我如何不想她?

教我如何不想她

刘半农 词
赵元任 曲

22. 偶　然

徐志摩

我是天空里的一片云，偶尔投影在你的波心——
你不必讶异，更无须欢喜——
在转瞬间消灭了踪影。

你我相逢在黑夜的海上，你有你的，我有我的，方向；
你记得也好，最好你忘掉，在这交会时互放的光亮！

偶 然

徐志摩 词
李惟宁 曲
陈蒙恩 制谱

1=♭E 6/8

♩=66 有活力的行板

23. 一首桃花

林徽因

桃花，那一树的嫣红，

像是春说的一句话；

朵朵露凝的娇艳，是一些玲珑的字眼，

一瓣瓣的光致，又是些柔的匀的吐息；

含着笑，在有意无意间，生姿的顾盼。

看，——

那一颤动在微风里，

她又留下，淡淡的，

在三月的薄唇边，

一瞥，一瞥多情的痕迹！

一首桃花

24. 卜算子·咏梅

毛泽东

风雨送春归，飞雪迎春到。

已是悬崖百丈冰，犹有花枝俏。

俏也不争春，只把春来报。

待到山花烂漫时，她在丛中笑。

卜算子·咏梅(京歌)

毛泽东 词
孙玄龄 曲
赵品义 记谱

25. 沁园春·雪

毛泽东

北国风光，千里冰封，万里雪飘。

望长城内外，惟余莽莽；大河上下，顿失滔滔。

山舞银蛇，原驰蜡象，欲与天公试比高。

须晴日，看红装素裹，分外妖娆。

江山如此多娇，引无数英雄竞折腰。

惜秦皇汉武，略输文采；唐宗宋祖，稍逊风骚。

一代天骄，成吉思汗，只识弯弓射大雕。

俱往矣，数风流人物，还看今朝。

沁园春·雪

毛泽东 词

生茂、唐诃 曲

1=♭E 2/4 4/4 4/8

26. 忆秦娥·娄山关

毛泽东

西风烈，长空雁叫霜晨月。

霜晨月，马蹄声碎，喇叭声咽。

雄关漫道真如铁，而今迈步从头越。

从头越，苍山如海，残阳如血。

娄山关

毛泽东 词
陆祖龙 曲

27. 菩萨蛮·黄鹤楼

毛泽东

茫茫九派流中国,沉沉一线穿南北。

烟雨莽苍苍,龟蛇锁大江。

黄鹤知何去? 剩有游人处。

把酒酹滔滔,心潮逐浪高!

菩萨蛮·黄鹤楼

毛泽东 词
罗 斌 曲

28. 望乡词

于右任

葬我于高山之上兮，望我故乡；

故乡不可见兮，永不能忘。

葬我于高山之上兮，望我大陆；

大陆不可见兮，只有痛哭。

天苍苍，野茫茫，山之上，国有殇！

望乡词

于佑任 词
陆在易 曲

1=♭G 4/4 2/4

Largo 特慢、凝重而苍凉地

慢起 accel.（大幅度）♩=68

Adagietto Rubato

葬 我 于 高山之上兮，望 我 故 乡；故乡不可见兮，

故乡 不可见兮，永 不能 忘！ 葬 我 于 高山之上兮，

望 我 大 陆；大陆不可见兮，大陆不可见兮，只有 痛

哭！ 天 苍苍， 野 茫茫， 山之上，国有

殇。 天 苍苍， 野 茫茫， 山之上，国有

56

mp　　　　　　　　　rit.　　　p Adagietto Colmato

3 — — | 3 — — | 6 - 5 - | 5 - - - | 6 - 5 -

殇。　　　　　　　　　　　m　　　　　　　　　　m

poco　　　　　　　a　　　　　poco　string.

5 - - - | 6 - 5 - | 2 - 3 - | 5 - - - | 5 - - 0

m　　　　　　　　　　　　　　　m

Moderato 连绵、流动地

mf

(6 - 6. 3 | 56 17 6 - | 1. 56 13 2 | 2 - - - | 5 5 5 5 6 3.

mp

3 2 2 1 2 6. | 7 - 7 5 5 6. | 3 - - -) | 1 - 1. 3 | 6 - 5 -

　　　　　　　　　　　　　　　　　　　　噢

cresc.　　　　　　　　mf

6. 1 1 6 5 | 5 - - | 6 - 6 3 5 - - 3 2 | 5 - 6 -

噢　　　　　　　　　　啊　　　　　　　　啊

∨ mf più mosso

0 5 5 6 1 | 5. 3 5 - | 6. 3 5 - | 6 7 6 5 3 1 | 2. 6 1 6 5 -

只有痛哭! 天苍苍，　野茫茫，　山之上,国有　殇。

mf poco a poco cresc. string.　　　f

5. 3 5 - | 7. 5 6 - | 1 7 6 6 3 2 | 5 - 2 - | 3. 2 2 -

天 苍苍，　　野茫茫，　山之上,国有　殇。　　　天 苍苍，

$\underline{5}$. $\underline{5}$ $\underline{\dot{6}}$ $-$ | ^{mf} 2 $\underline{3}$ $\underline{2}$ $\underline{2}$ $\underline{6}$ $\underline{\dot{5}}$ | 5 $-$ $-$ $-$ | 2 $\underline{3}$ $\underline{2}$ $\underline{2}$ $\underline{5}$ $\underline{\dot{5}}$ | $\dot{6}$ $-$ $-$ $-$

野　茫 茫，　　山之上，国有 殇。　　　　山之上，国有 殇，

（大气口）

poco rit.　　*rit.*　　　　　　　　　　Adagietto　　　　*rit.*

2 $\underline{3}$ $\underline{2}$ $\underline{2}$ $\underline{5}$ $\underline{\dot{5}}$ | $\underline{\dot{5}}$ $\dot{6}$ $-$ $-$ | $\dot{6}$ $-$ $-$ $-$ | 1 $-$ $-$ | 1 $-$ | $\underline{1}$ $\underline{0}$ 0 0 0 ‖

山之上，国有　　殇。

29. 出塞曲

席慕容

请为我唱一首出塞曲，

用那遗忘了的古老言语。

请用美丽的颤音轻轻呼唤，

我心中的大好河山。

那只有长城外才有的清香，

谁说出塞歌的调子都太悲凉。

如果你不爱听，

那是因为，

歌中没有你的渴望。

而我们总是要一唱再唱，

想着草原千里闪着金光，

想着风沙呼啸过大漠，

想着黄河岸啊　阴山旁。

英雄骑马啊　骑马归故乡。

出塞曲

席慕容　词
李南华　曲

请为我唱一首出塞曲，用那遗忘了的古老言语，

请用美丽的颤音轻轻呼唤我心中的大好河山。那只有长城外

才有的清香，谁说出塞曲的调子太悲凉。如果你不爱听，

那是因为歌中没有你的渴望。而我们总是要

一唱再唱，想着草原千里闪着金光，想着风沙

呼啸过大漠，想着黄河岸啊阴山旁。

英雄骑马壮，骑马荣归故乡。

30. 我爱这土地

艾 青

假如我是一只鸟，

我也应该用嘶哑的喉咙歌唱：

这被暴风雨所打击着的土地，

这永远汹涌着我们的悲愤的河流，

这无止息地吹刮着的激怒的风，

和那来自林间的无比温柔的黎明……

——然后我死了，

连羽毛也腐烂在土地里面，

为什么我的眼里常含泪水，

因为我对这土地，

爱得深沉……

我爱这土地

陆在易 词
艾 青 诗

1=♭G 4/4 5/4 3/4 7/4

纵情歌唱地

4/4 (5̇ 5̇ 4̇ 5̇ 5̇·4̇ 5̇ 4̇ | 3̇ - - - | 5/4 5̇ 5̇ 5̇ 6̇ 5̇·5̇4̇ 5̇ 4̇ | 4/4 3̇ - 3̇2̇ 4̇3̇ |

2̇3̇ 1̇6̇ 5̇2̇ 4̇3̇ | 5/4 2̇3̇ 1̇6̇ 5̇2̇ 3̇6̇ | 4/4 7̇ - - - | 7̇ - 5̇ - | 5̇ - - -)

_mf_
3 3 2 3·3 2 4 | 3 5̇ - 5̇0 | 05̇ 6̇7̇ 1̇·6̇ | 4 3 3 2 2·1 |
假如 我是 一只 鸟，　　　　 我也应该用 嘶哑的喉咙歌

2 - - 0 | 3 3 2 3·3 2 4 | 3 6̇ - 6̇0 | 05̇ 6̇1̇ 2̇·6̇ | 4 5 4 3 2·6̇ |
唱，　　　 假如 我是 一只 鸟，　　 我也应该用 嘶哑的喉咙歌

1 - - 0 1 1 | 6·5̇ 6̇ 6̇3 4 5 5 | 2/4 6̇·5̇ 3/4 5̇ - 0 1 | 4/4 6̇·5̇ 6̇ 6 3 4 5 |
唱。　 这被 暴风雨 所打击的 土 地，　 这永远汹涌着我们

2/4 6̇ 6̇·6̇ | 7 - 3/4 7̇ - 0 3 | 1̇·7̇ 1̇·7̇ | 6 6 3 2 | _mp_ 6 5̇5̇ 5̇·4̇ |
悲愤的 河　　 流，　 这无止息　 吹刮着的 激怒的风

$\frac{4}{4}$ 4 - 0 $\underline{66}$ $\underline{56}$ | 2 $\underline{5}$ $\underline{65}$ 2 $\underline{4\cdot3}$ | $\frac{3}{4}$ 3 - 0 3 | $\underline{\dot{1}\cdot7}$ $\underline{\dot{1}}$ 7 | $\underline{\overset{f}{\dot{2}\dot{1}}}$ $\underline{7\dot{6}}$ |

啊，　和那来自 林间温柔的黎 明。　　这无止息　　吹刮着的

$\underline{65}$ $\underline{5}$ $\underline{5\cdot\dot{2}}$ | $\frac{4}{4}$ $\overset{mp}{2}$ - 0 $\underline{66}$ $\underline{55}$ | $\frac{3}{4}$ 2 2 4 $\underline{3\dot{2}6}$ | $\frac{2}{4}$ 1 - | $\frac{4}{4}$ 1 - - - |

激怒的风 啊，　和那来自　林间温柔的　黎 明。

比前稍慢　自由

1 0 0 0 | $\underline{55}$ $\underline{5\cdot45}$ | $\frac{2}{4}$ 5 0 | $\frac{4}{4}$ 0 1 $\underline{244}$ $\underline{567}$ | 6 $\underline{54}$ $\underline{55}$ - |

然后我死了，　　连羽毛也腐烂在　土地 里面。

$\frac{2}{4}$ 5 0 | $\frac{5}{4}$ 0 $\underline{33}$ $\underline{32}$ $\underline{4\cdot3}$ 2 $\underline{31}$ | $\overset{rit.}{7}$ $\underline{\dot{1}}$ 6 6 - - | $\overset{p}{ }$

为什么　我的眼里　常含泪水，

紧凑而果断地

$\frac{5}{4}$ 0 $\underline{2}$ $\underline{\overset{\frown}{26}}$ $\underline{5\cdot4}$ 3 $\underline{\overset{\frown}{26}}$ | $\frac{4}{4}$ 3 $\cdot\cdot\cdot$ $\overset{a\ tempo}{6}$ 1 - | 1 - - - |

因为我对这土地　爱　得　深 沉。

$\overset{f}{ }$ 引吭高歌的

$\underline{3\cdot\dot{1}}$ $\underline{7\dot{1}}$ $\underline{2\dot{6}}$ $\dot{1}$ | $\overline{7\cdot}$ $\underline{65}$ 5 - | 0 $\underline{62}$ $\underline{46}$ $\underline{22\cdot\dot{1}}$ | 2 - - 2 0 |

啊　　　　　　　　啊

63

$$\overline{\underline{3}\cdot\ \dot{\underline{1}}\ \underline{7}\ \dot{\underline{1}}\ \dot{\underline{2}}\ \underline{6}\ \dot{1}}\ |\ 7\cdot\ \underline{65}\ 6\ ^{\vee}\underline{6\ 6}\ |\ \dfrac{7}{4}\ 2\ \dot{1}\ \underline{7\cdot\ 7}\ 7\ -\ 7\ 0\ \overline{\underline{5\ 5}}\ |$$

啊　　　　　　　　　　因为　我　对　这　土　地　　爱　得

mfp ⟨ ⟩　　　　　　　*moderato*　　　宽广充分地

$$\dfrac{4}{4}\ 6\ -\ \dot{1}\ -\ {}^{>\!\!f}\ |\ \dfrac{5}{4}\ \dot{1}\ -\ -\ -\ \dot{1}\ |\ \dfrac{4}{4}\ \dot{1}\ -\ -\ -\ |\ \dot{1}\ 0\ 0\ 0\ 0\ |$$

深　　　　　沉。

31. 木兰花慢·彭城怀古

〔元〕萨都剌

古徐州形胜,消磨尽,几英雄。想铁甲重瞳,乌骓汗血,玉帐连空。楚歌八千兵散,料梦魂,应不到江东。空有黄河如带,乱山回合云龙。

汉家陵阙起秋风,禾黍满关中。更戏马台荒,画眉人远,燕子楼空。人生百年如寄,且开怀,一饮尽千钟。回首荒城斜日,倚栏目送飞鸿。

木兰花慢·彭城怀古

[元] 萨都剌 词
谷建芬 曲

1=F 4/4

♩=60-63 深沉地

66

后　记

　　"诗言志,歌永言,声依永,律和声。"中国是诗词的国度,诗词文化博大精深,源远流长。三千多年来,从《诗经》《离骚》到汉乐府诗歌再至唐诗宋词,汇聚成我国古典诗词的浩瀚海洋。诗词寄托了中华民族的精神追求,传承了中华文化的命脉。中国早期的诗歌是与音乐、舞蹈合而为一的。从小的时候起,编者就对中国的诗歌和文学有着浓厚的兴趣。那些经典的诗句凝练了伟大的诗人们对于人生和世界的描绘和感悟。中国现当代的很多声乐作品,都是根据中国经典诗词来创作的。作为中国传统音乐和文化的重要组成部分,这本《中华经典诗词曲目》选取了从先秦至当代不同历史时期、不同艺术风格的诗词歌曲 31 首,旨在挖掘诗词歌曲中蕴含的中华优秀传统文化内涵,用中华优秀传统文化基因浸润学生心田,引导当代大学生品味其中的诗意和乐境,在感受诗词文学美的同时领略诗词的音乐美,对学生进行传统文化的熏陶以及志向引领,从而提升青年学生的审美品位,完善自身内在素养。让我们用吟唱的方式与诗人隔空对话,在优雅中吟诵,在歌唱中传承,让这些承载着传统文化血脉的诗词歌曲,焕发出新的韵味和新的韵律。

由于编者水平有限,搜集整理读物的时间仓促,多有不足,恳请同行多多批评指正!

编　者

◎套书主编 钱进 赵鹏 汪颖 ◎编审 康秀玲

中华传统文化经典诵读手册

诗词联

格律概要

裴鸣若 主编

南京大学出版社

图书在版编目(CIP)数据

诗词联格律概要 / 裴鸣若主编. —南京：南京大学出版社，2025.3

(中华传统文化经典诵读手册 / 钱进，赵鹏，汪颖主编；5)

ISBN 978-7-305-24999-0

Ⅰ.①诗… Ⅱ.①裴… Ⅲ.①诗词-诗歌创作-中国②对联-创作方法-中国 Ⅳ.①I207.21②I207.6

中国版本图书馆 CIP 数据核字(2021)第 195928 号

出版发行　南京大学出版社
社　　址　南京市汉口路 22 号　邮　　编　210093
套 书 名　中华传统文化经典诵读手册
套书主编　钱　进　赵　鹏　汪　颖
书　　名　诗词联格律概要
　　　　　　SHI CI LIAN GELÜ GAIYAO
主　　编　裴鸣若
责任编辑　高　军　钱梦菊　　编辑热线　025-83592146
照　　排　南京开卷文化传媒有限公司
印　　刷　南京京新印刷有限公司
开　　本　787 mm×1092 mm　1/32　印张 2.5　字数 35 千
版　　次　2025 年 3 月第 1 版　2025 年 3 月第 1 次印刷
ISBN　978-7-305-24999-0
定　　价　60.00 元(全 6 册)

网　　址:http://www.njupco.com
官方微博:http://weibo.com/njupco
微信服务号:njuyuexue
销售咨询热线:(025)83594756

前　言

　　呈现在各位老师和同学面前的是江苏师范大学组织编写的一套系列诵读手册,共有六册,分别是《中华传统节日古诗词精选》《歌咏徐州古诗词精选100首》《飞花令选录诗词》《中华经典诗词曲目》《诗词联格律概要》和《中国现当代诗歌中的党史》。这是我校多年"中华母语节"活动的成果集萃。

　　这套手册的编写,是我们实现高校对中华优秀传统文化传承发展的探索,是落细落小落实的举措。它的重要现实意义在于:坚定文化自信,提升大学生对中华优秀传统文化的认知度和接受度;深化博雅教育,提升大学生的人文情怀和审美品位;推进教学改革,着力探索中华优秀传统文化进校园进课堂的重点和支点。

　　我校的办学定位中特别强调了要建设"有品位"的高水平大学,确定了"守正出新,坚志勇为"

的校园精神，其中就蕴含着对于中华优秀传统文化要担负起继承和创新的历史使命，要培养具有较高品位的文化传播者和创新型人才。多年来，我们致力于将传统文化资源引入教育教学体系，开展了一系列创新性探索，例如合作举办海峡两岸大学生古典诗词联吟大会，研发创作汉风乐舞，在华佗"五禽戏"的基础上创意研发"中华五禽操"，研究作为足球起源之一的汉代蹴鞠并重现蹴鞠竞赛场景，开设汉文化进校园系列课程等。这些探索体现了我们对于发挥现代大学的第四个功能——文化传承与创新的积极实践，也是我们在新的起点上再次出发的坚实基础。

文化先哲孔子曾说人才的成长应当"兴于诗，立于礼，成于乐"。让我们从欣赏古诗词出发，从党的百年奋斗征程中感悟，去进入中华优秀传统文化宝库，接受中华美学精神的濡染，感受红色革命文化的壮怀。唯有先筑牢民族传统文化根基，才能更加自信地参与世界不同文明的交流互鉴，也才能成为具备中华人文情怀和世界发展眼光的新时代建设者。

编　者
2025 年 1 月

目 录
contents

一、近体诗

二、词

三、楹 联

一、近体诗

（一）近体诗述略

近体诗，又叫今体诗、格律诗。所谓"近体""今体"，是相对于唐以前的古体诗而言的。唐以前的诗歌统称古体诗，大致可分为：四言古诗、五言古诗、七言古诗、杂言诗、柏梁体、入律古风、乐府诗、歌行体、永明体等。

近体诗一般是指依照严格的格式、声律和韵律创作的诗歌作品。其在句数、字数、平仄、用韵、对仗上都有严格的规定。格律诗之"格""律"，指诗歌创作中要遵照一定的格式、法规和律令，作者不可随意破律、出格。格律的出现和完善，是经过数代诗人长期探索、实践，总结出来的。格律的综合作用可以使诗歌创作具有特殊的音乐效果和诗体形式美。

近体诗讲究格律，要求作者精心、巧妙地选

择和利用语言的声、调、韵等,按规律组合起来,使诗具有抑扬顿挫的声调和乐曲般的节奏,在词句与句式上呈现出整齐和谐的对称美,给人以强烈的艺术感染力。

近体诗,按句式可划分为五言、七言两类,分别包括五律(40 字)、五绝(20 字),七律(56 字)、七绝(28 字),五言排律(50 字以上)和七言排律(70 字以上);按篇幅长短,可划分为律诗(八行体)、绝句(四行体)和排律(十行以上的长篇)三类。

学习近体诗格律,要重点掌握四个基本句型、对粘法则、对仗和押韵。

(二)平仄和四个基本句型

四声是汉语很重要的特点之一。古四声分为平、上、去、入四声,平声中的阴平和阳平作为平声字用,上、去、入三声作为仄声字用。现代汉语四声中,一、二声是平声,三、四声是仄声。我们说话或是写文章,一句话中的平仄一般都是交替出现的,从而形成汉语抑扬顿挫的声韵美感。如果一句话中都是平声或仄声，就像不辨声调的老外说蹩脚的汉语一样，会让人感觉很别扭。所以要做到平仄交替出现，否则便叫失替。

平平—仄仄

仄仄—平平

平平—仄仄—平平—仄仄

近体诗格律，就是把这种四声平仄的交替变化按照一定的规律固定下来，形成诗歌特有的声韵美。也可以说把汉语特有的声韵变化发挥到了极致。这种变化归纳起来总共四种句型，以五言（字）和七言（字）为主。为了便于说明和掌握，我们把这四种句型分成两大类：A 类和 B 类。A 类又细分成大 A 型句（字母大写，称大 A 句）和小 a 型句（字母小写，称小 a 句）；B 类又细分成大 B 型句（字母大写，称大 B 句）和小 b 型句（字母小写，称小 b 句）。句型特点：无论是五言还是七言句式，大 A 句和大 B 句收尾都是平声字,小 a 句和小 b 句收尾都是仄声字。从起句看,二者正相反,在五言中,A 类句起句都是仄声字,B 类句起句都是平声字;在七言中,A 类句起句都是平声字,B 类句起句都是仄声字。这两类四个句型及特点要熟记。

五言律、绝的四个基本句型:

A 仄仄仄平平

a 仄仄平平仄

B 平平仄仄平

b 平平平仄仄

七言律、绝的四个基本句型(七言的四个基本句型,是在五言句型的前面相应增加了平仄相反的两个字,因此不需要特别去记。记住五言,以此类推即可):

A 平平仄仄仄平平

a 平平仄仄平平仄

B 仄仄平平仄仄平

b 仄仄平平平仄仄

　　在这四个基本句型中,平仄的交替不是一成不变的,古人有个口诀:"一三五不论,二四六分明。"意思是说,在每句中就字位而言,一三五奇数字位用平声字和仄声字都是可以的,叫作"不论",二四六偶数字位的平仄则不能更易,必须"分明"。但这个口诀,在大A型句和大B型句中应用时要特别注意:大A型句五言第三字,七言第五字就必须论,否则就会出现三平调(句尾出现三个平声字,又称三平尾),即大A仄仄平平平(五言三平尾),大A平平仄仄平平平(七言三平尾),这是近体诗的大忌之一。大B型句五言第一字,七言第三字也必须论,否则就会犯孤平(除去句尾的平声字作为韵脚不算外,整句中只有一个平声字),即大B仄平仄仄平,大B仄仄仄平仄仄平,这是近体诗的大忌之二。孤平是可以救的,也是必须救的。五言于第三字,七言于第五字再补用一个平声字即可。例如:大B仄平平仄平,大B

仄仄仄平平仄平。

　　和基本句式平仄不一致的，我们称为犯拗，犯拗的句子称为拗句。犯拗分为两种，大拗和小拗，二四六字位出现的拗称为大拗，必须救，比如孤平拗救；一三五字位出现的拗称为小拗，可救可不救。我们把一三五字位犯拗的字圈起来，以示区别，把这些犯拗字的平仄（诗中实际出现的平仄）都和其后面二四六字位的平仄看成一致，例如："仄仄⑭平⑰仄平"，我们可以直接把它看成是：大B句"仄仄平平仄仄平"的基本句型。其他以此类推。这样更便于把握，也很容易分辨出此拗句的原基本句型，不致迷惑。

　　小b型句除基本句型外，还有一种"特殊拗"句式，句中倒数二三字平仄互易，即小b平平仄平仄（五言），小b仄仄平平仄平仄（七言）。这种句式在前人诗中使用的频率比较高，也可以看作是一个基本句型。

（三）对粘法则

　　基本句型掌握了，我们再来看它的组合规

律——对粘法则。

律诗有"对粘"的讲究。律诗共八句,两句一联,分为首联、颔联、颈联、尾联四联。

所谓"对",是指每联的出句和对句必须是相反的类型(A 类和 B 类相对):如出句是小 b 型句,则对句必是大 A 型句;出句是小 a 型句,则对句必是大 B 型句;出句是大 A 型句,则对句必是大 B 型句,以此类推。也就是在出句和对句中,平仄是对立的,特别是偶数字位的平仄要对立。

需要注意的是:近体诗大都是在二、四、六、八等偶数句位押平声韵,所以,对句都应用平声收尾的大 A 或大 B 句,而一、三、五、七等奇数句位,一般都是不押韵的地方,所以出句都是用仄声收尾的小 a 或小 b 句。

每首诗的起句(第一句)比较特殊,它可以首句押韵,也可以首句不押韵,即首句可以用小 a 句或小 b 句起句,也可以用大 A 句或大 B 句起句。

所谓"粘",是指后联出句偶字位的平仄,必须跟前联对句偶字位的平仄一致,平粘平,仄粘仄,把两联粘起来。换言之,相邻近的两联中,前一联的对句和后一联的出句的平仄类型必须是同一大类:A 类句粘 A 类句,B 类句粘 B 类句。由于相粘的句位(奇数句位)都是不押韵的地方,所以都用小写字母的句型(小 a 句或小 b 句)。即前一联对句是大 A 型,则后一联出句必是小 a 型(都是 A 类);前一联对句是大 B 型,则后一联出句必是小 b 型(都是 B 类)。

不合乎"粘"的规则的,叫"失粘";不合乎"对"的规则的,叫"失对"。

五言对粘

b 平平平仄仄(出句)

A 仄仄仄平平(对句)——首联

a 仄仄平平仄(出句)

B 平平仄仄平(对句)——颔联

b 平平平仄仄(出句)

A 仄仄仄平平(对句)——颈联

a 仄仄平平仄（出句）

B 平平仄仄平（对句）——尾联

七言对粘

b 仄仄平平平仄仄（出句）

A 平平仄仄仄平平（对句）——首联

a 平平仄仄平平仄（出句）

B 仄仄平平仄仄平（对句）——颔联

b 仄仄平平平仄仄（出句）

A 平平仄仄仄平平（对句）——颈联

a 平平仄仄平平仄（出句）

B 仄仄平平仄仄平（对句）——尾联

　　在四个基本句型中，任何一句都可以作为第一句，第一句确定了，按照对粘法则来组合就可以了。这样五言、七言的律诗和绝句都可以以此类推出相应的四种律式来。

这些律式不需要去逐一背诵，只需熟记四个基本句型，掌握对粘法则就可以灵活运用了。

对粘的作用是使平仄的安排多样化。因为如果不对，上下两句的平仄就雷同了；如果不粘，前后两联的平仄又雷同了。讲究对粘能使整首诗的平仄有变化、有回环，对诗的节奏优美能起一定的作用。

五言律式

小 a 句型起式（首句不入韵为正格）

杜甫《春望》

国破山河在，a 仄仄平平仄，
城春草木深。B 平平仄仄平。
感时花溅泪，b 仄平平仄仄，
恨别鸟惊心。A 仄仄仄平平。
烽火连三月，a 平仄平平仄，
家书抵万金。B 平平仄仄平。
白头搔更短，b 仄平平仄仄，
浑欲不胜簪。A 平仄仄平平。

大 A 句型起式(首句入韵为偏格)

裴萱窗《宿张家界山中遇雨》

晨鸟破轻鼾，A ⟨平⟩仄仄平平

仙峦列阵妍。B 平平仄仄平，

开窗疑梦在，b 平平平仄仄。

听雨喜尘躅。A ⟨平⟩仄仄平平，

境谧吟思爽，a 仄仄平平仄。

山空清气鲜。B 平平⟨平⟩仄平。

客中才一宿，b ⟨仄⟩平平仄仄，

心已不知年。A ⟨平⟩仄仄平平。

小 b 句型起式(首句不入韵为正格)

莫鸣金《秋兴》

清心近鸥鹭，b 平平⟨仄⟩⟨平⟩仄，

无意斗赢输。A ⟨平⟩仄仄平平。

勤苦甘为蚁，a ⟨平⟩仄⟨平⟩平仄，

逢迎厌作奴。B 平平仄仄平。

冷将晴变白，b ⟨仄⟩平平仄仄，

笑看碧成朱。A 仄仄仄平平。

贤友邀三五，a⟨平⟩仄平平仄，

相邻德不孤。B平平仄仄平。

大 B 句型起式（首句入韵为偏格）

李商隐《晚晴》

深居俯夹城，B平平仄仄平，

春去夏犹清。A⟨平⟩仄仄平平。

天意怜幽草，a⟨平⟩仄平平仄，

人间重晚晴。B平平仄仄平。

并添高阁迥，b⟨仄⟩平平平仄，

微注小窗明。A⟨平⟩仄仄平平。

越鸟巢干后，a仄仄平平仄，

归飞体更轻。B平平仄仄平。

七言律式

大 A 句型起式（首句入韵为正格）

裴萱窗《丁亥春日携诗友重游马陵山》

花开结伴沐春风，A平平仄仄仄平平

幽壑流泉听不穷。B⟨平⟩仄平平⟨平⟩仄平

湖映丰碑擎日月，b 平仄平平平仄仄

莺歌时卉乱青红。A 平平平仄仄平平

三仙有忆应知我，a 平平仄仄平平仄

一水无情自向东。B 仄仄平平仄仄平

每爱禅廊林竹翠，b 仄仄平平平仄仄

子猷清兴几人同？A 仄平平仄仄平平

小 a 句型起式（首句不入韵偏格）

杜甫《客至》

舍南舍北皆春水，a 仄平仄仄平平仄

但见群鸥日日来。B 仄仄平平仄仄平

花径不曾缘客扫，b 平仄仄平平仄仄

蓬门今始为君开。A 平平平仄仄平平

盘飧市远无兼味，a 平平仄仄平平仄

樽酒家贫只旧醅。B 平仄平平仄仄平

肯与邻翁相对饮，b 仄仄平平平仄仄

隔篱呼取尽余杯。A 仄平平仄仄平平

大 B 句型起式（首句入韵为正格）

莫鸣金《春日闲居》

莫笑心情乱似麻，B 仄仄平平仄仄平，

春移世相到吾家。A 平平仄仄仄平平。

谦卑盆草应时绿，a 平平⊕仄⊗平仄，

倔强幽兰不肯花。B 仄仄平平仄仄平。

母种蒜苗堪养眼，b 仄仄⊗平平仄仄，

虫叮多肉又留疤。A 平平⊕仄仄平平。

今难放胆随风去，a 平平仄仄平平仄，

袖手云湖看柳斜。B 仄仄平平仄仄平。

小 b 句型起式（首句不入韵为偏格）

杜甫《闻官军收河南河北》

剑外忽传收蓟北，b 仄仄平平平仄仄

初闻涕泪满衣裳。A 平平仄仄仄平平

却看妻子愁何在，a ⊗平⊕仄平平仄

漫卷诗书喜欲狂。B 仄仄平平仄仄平

白日放歌须纵酒，b 仄仄⊗平平仄仄

青春作伴好还乡。A 平平仄仄仄平平

即从巴峡穿巫峡，a仄平平仄平平仄

便下襄阳向洛阳。B仄仄平平仄仄平

（四）对仗和绝句格式

总体来说，律诗中间颔颈两联不仅在平仄上要求对仗，在字面词性上也要求对仗。首联和尾联是否用对仗，没有硬性要求，这往往取决于诗的内容和诗人的艺术技巧。

绝句，一般认为是截取律诗之半而来。最常见的是截取律诗首尾两联，也就是完全不要求对仗。绝句以不对仗为常格。例如：

疫中忆儿(五绝)

莫鸣金

一任春花灿,多天未出行。

新闻播疫况,细听说羊城。

瞻仰淮海战役烈士名录(七绝)

裴萱窗

苍松含翠我含情,默念英灵脚步轻。

敬塑心碑天地矗,有名直写到无名。

但也有一种相当普遍的情况,就是截取律诗的后半,即颈联和尾联,开始一联用对仗,尾联不用对仗。例如:

八阵图(五言)

杜　甫

功盖三分国,名成八阵图。

江流石不转,遗恨失吞吴。

咏　竹(七绝)

莫鸣金

澡雪拂尘甘化帚,无才充数厌为竽。

腹空不作折腰士,直节撑天一丈夫。

至于截取中间两联(完全用对仗),或者截取律诗的前半(后面一联用对仗),比起上面两类要少见得多。例如:

淮塔吟(五绝)

吴奔星

塔在如人在,情深似海深。
曾将一滴血,赢得万家春。

绝句(七绝)

杜 甫

两个黄鹂鸣翠柳,一行白鹭上青天。
窗含西岭千秋雪,门泊东吴万里船。

以上两首绝句截取律诗中间两联,完全用对仗。

截取律诗前半,后一联用对仗。例如:

饮茶(五绝)

莫鸣金

清心不论碗,得意即陶然。

心悟仙家境,神游云外天。

南园(七绝)

李　贺

春水初生乳燕飞,黄蜂小尾扑花归。

窗含远色通书幌,鱼拥香钩近石矶。

排律是十句以上的律诗,也是律诗的一种,可多至百句以上。它的对仗和律诗一样,首联可以用对仗,也可以不用;中间各联一律要用对仗;尾联不用对仗,以便结束。例如:

寄李十二白二十韵

杜　甫

昔年有狂客,号尔谪仙人。

笔落惊风雨,诗成泣鬼神。

声名从此大，汨没一朝伸。

文采承殊渥，流传必绝伦。

龙舟移棹晚，兽锦夺袍新。

白日来深殿，青云满后尘。

乞归优诏许，遇我宿心亲。

未负幽栖志，兼全宠辱身。

剧谈怜野逸，嗜酒见天真。

醉舞梁园夜，行歌泗水春。

才高心不展，道屈善无邻。

处士祢衡俊，诸生原宪贫。

稻粱求未足，薏苡谤何频。

五岭炎蒸地，三危放逐臣。

几年遭鹏鸟，独泣向麒麟。

苏武先还汉，黄公岂事秦。

楚筵辞醴日，梁狱上书辰。

已用当时法，谁将此义陈。

老吟秋月下，病起暮江滨。

莫怪恩波隔，乘槎与问津。

（五）押韵

　　近体诗的押韵分为古韵和今韵两种。古韵是指南宋时期的刘渊和同时代的金朝王文郁所编撰的平水韵，共分为 106 个韵部。诗人写诗要求按照韵书规定的韵部来押韵，押平声韵，且要一韵到底，中间不能换韵，换韵部即视为出韵，便不符合要求了。随着古今音韵的变化，许多古韵今天读起来已不押韵，因此中华诗词学会于 2004 年正式颁布了以普通话为基础的《中华新韵》（分为十四韵部）；2019 年教育部、国家语言文字工作委员会又对《中华新韵》进行修订，颁布《中华通韵》（分为十六韵部），以适应这种古今音韵的变化，提倡使用新韵繁荣当代诗词联的创作，同时沿用古韵。二者之间实行双轨制，提倡新韵，不废古韵，一首诗中或用古韵或用新韵，只能选用一种，二者如双轨，并行而不能交叉。

二、词

（一）词的起源和特点

词来自民间文学，是唐五代时兴起的一种合乐而歌的新诗体。它本来是配乐的歌词，起初只称为"曲""曲子"，而不叫"词"。直到五代后蜀欧阳炯在《花间集序》中才把"曲子"和"词"连缀成一个词，称为"曲子词"。在唐宋时期，懂音乐的词人是按照乐谱的音律节拍来写词的，所以叫作填词，又叫作倚声。词的别称很多，如诗余、乐府、乐章、歌曲、长短句、琴趣等。

后来一般词人大都按照前人作品的字句平仄来填写，这样词就逐渐脱离了音乐，纯粹成为诗的别体了。至两宋时期，词的发展达到了一个历史高峰。

标准的词，应是一种律化的、长短句的、固定字数的诗。具备以下三个特点：

(1) 全篇固定的字数；

(2) 长短句；

(3) 律化的平仄。

从词的起源来看，长短句的词确已胚胎于盛唐（如张志和的《渔父》、韦应物的《调笑》），至中唐以后逐渐发展趋于繁盛（王建《宫中调笑》、韩翃《章台柳》、刘禹锡《忆江南》、白居易《花非花》《忆江南》《宴桃源》《长相思》等）。中唐以后，诗人才意识到近体诗之外，还有另一种诗体。不过当时还没有叫作词，大约它只被认为是"曲"或"乐"之类罢了。

到晚唐五代，填词的风气日渐浓厚，产生了词的专家。温庭筠是第一个大力填词的人。我国第一部词选《花间集》，收其词 66 首。从此，词独立成为一种体裁，与诗并行发展，至宋而大盛，名家辈出，蔚为大观。

（二）词调和词牌

词调本来是指写词时所依据的乐谱。在唐宋时代，词调有好几个来源。有的来自民间音乐,有的来自西域音乐,有的是乐工、歌妓或词人创制的,有的是国家音乐机关创制的,还有其他的来源。词的兴起,和西域胡乐的传入有密切关系。胡乐在北周、北魏时已陆续内传,至隋唐时大量传入,普遍流行。它和汉音乐相结合,产生新型的燕乐。词所配合的音乐主要就是燕乐。

词调很多,每种词调都有特定的名称,叫作"词牌"。有些调名本来是乐曲的名称,如《菩萨蛮》《西江月》等;有些调名本来是词的题目,如张志和的《渔歌子》是咏渔父生活的,温庭筠的《更漏子》是咏春夜闺情的。但是绝大多数的调名和词的题目没有关系,所以宋人常在一首词的调名下写出词题或小序。苏轼《念奴娇》下写明"赤壁怀古",辛弃疾《木兰花慢》下写明"席上送张仲固帅兴元",就是这样的例子。

前人把词分为小令、中调和长调三类,以58字以内为小令,59字到90字为中调,91字以上为长调。这种分法未免太绝对,不必太拘泥,我们只要把小令、中调和长调理解为大致的分类就可以了。最短的词牌《竹枝》14字,最长的词牌《莺啼序》240字。

从分段看，词有单调、双调、三叠、四叠的分别。词的一段叫作阕，又叫作片（曲终曰阕，片即遍，一阕一片是说乐曲已奏过一遍。一首词也可称作一阕）。

单调的词不分段，往往就是小令，如《渔歌子》《如梦令》《捣练子》《忆江南》等。

双调的词分为前后（或上下）两阕，小令、中调、长调都有，如《菩萨蛮》《蝶恋花》《满江红》《雨霖铃》等。三叠、四叠的词都是长调。三叠分为三段，如《兰陵王》；四叠分为四段，只有《莺啼序》一调。

双调是最常见的形式。一般的情况是前后两阕字数相等或基本相等，平仄也相同（如《卜算子》《浪淘沙令》），不相等的大都是前后阕起首的两三句字数不同（如《菩萨蛮》《忆秦娥》）或平仄不同（如《更漏子》《浣溪沙》）。

（三）同调异名和同调异体

同调异名，是说一种词调有几种调名。除

一个本名外,有若干别名。例如,《忆秦娥》又名《秦楼月》,《卜算子》又名《缺月挂疏桐》;《蝶恋花》又名《鹊踏枝》《凤栖梧》《黄金缕》《卷珠帘》《一箩金》《鱼水同欢》《明月生南浦》等。《忆江南》有《望江南》《梦江南》《江南好》《望蓬莱》《江南柳》等 20 个别名;《念奴娇》有《百字令》《百字谣》《大江东去》《酹江月》等 23 个别名。词调的别名大都取自这一词调的某一名作。

同调异体,是指一种词调有几种别体。例如,《江城子》有单调的,也有双调的;《满江红》有押仄韵的,也有押平韵的。别体表现在字数差异或句法差异等方面。例如,忆秦娥有 11 体,字数在 37—46 字;一剪梅有 7 体,字数在 58—60 字。前人编撰的词谱,在"正体"后面罗列各种"又一体"(别体),所谓"正体"大都是时代较早或作者较多的一体,其余就算作"又一体"。"又一体"之多,说明古人填词有一定的灵活性。

我们还要注意,有些调名大同小异,但不是正体和别体的不同,而是代表了两种不同的词调。例如归字谣和归自谣，卷珠帘和珠帘卷，玉连环和玉联环，巫山一段云和巫山一片云，诉衷情和诉衷情近，木兰花慢和木兰花，等等。

（四）词　谱

词调本来是指填词时所依赖的乐谱。这类乐谱后来失传了，填词的人就按照前人作品中的句法和平仄来填写，已不能合乐而歌。词谱，则是把前人每一种词调的作品的句法、平仄和押韵分别加以概括，从而建立了各种词调的平仄格式。后人就按照词谱的格式来填词，这好比近体诗按照一定的律式来写。

词谱始于明人张綖的《诗余图谱》。后来较通行的有清人万树著的《词律》和康熙命词臣王奕清等人编纂的《钦定词谱》。清嘉庆年间靖安人舒梦兰编选有《白香词谱》。近人龙榆生编著有《唐宋词格律》。

《考正白香词谱》中《忆江南》词谱范例

凡用○者应平●者应仄⊙者可平仄互易

忆江南　　南唐后主李煜

多少恨，

○⊙●(句)

昨夜梦魂中。

⊙●●○○(韵)

还似旧时游上苑，

⊙●⊙○○●●(句)

车如流水马如龙，

⊙○⊙●●○○(叶)

花月正春风。

⊙●●○○(叶)

〔考正〕右(上)词二十七字，原名《谢秋娘》，乃唐李德裕为谢秋娘而作，其词久逸。以白居易《忆江南》三首，其第一首末句云："能不忆江南?"故名。此外亦名《春去也》，则以刘禹锡词首句作

"春去也"耳。又名《梦江南》《望江梅》，则因皇甫松有"闲梦江南梅熟日"之句也。亦名《梦江口》。而《全唐诗》于李后主《忆江南》注，又名《归塞北》。又《古今乐录》云："梁武帝改西曲，制江南弄七，一曰江南弄，二曰龙笛曲，三曰采莲曲，四曰凤笙曲，五曰游女曲，六曰采菱曲，七曰朝云曲。"又沈约作四曲：一曰凤瑟曲，二曰秦筝曲，三曰阳春曲，四曰朝云曲，亦谓之江南弄，实皆《忆江南》之别名。而万氏《词律》皆遗漏未注，特补出之。

〔填词法〕按此词首句为三字句，第二字虽注可平，但与第二句之第一字有相互关系。若首句第二字用平，则次句第一当以用仄为称；反之亦然。唯以音节论，则首句第二字自以仄声为佳，如皇甫松作"兰烬落"，温庭筠作"梳洗罢"，吴文英作"三月暮"，皆是也。第二句为仄起平韵之五字句，句法上二下三，第一字平仄可以通用，唯首句第二字既已用仄，则次句自当用平为宜。第三句则为仄起仄收之七字句，第一、第三字，平仄可不拘；亦有注第六字可平者，实非。若使作平，则成为平仄仄平平平仄，是惟

《贺新郎》中有之耳。第四句为平起平韵之七字句,其第一、三字亦可作仄。实则此两句句法,即与平起七律诗中之项联(即颔联)无异,故作者多用对偶,格律较为工整。白居易词云:"山寺月中寻桂子,郡亭枕上看潮头",刘禹锡词云:"弱柳从风疑举袂,丛兰裛露似粘巾",皆其例也。第五句句法,与次句同,第一字可平。

(五) 词的用韵

我们今天填词用韵,主要依照清人戈载的《词林正韵》。古人填词没有特别规定词韵。所谓词韵,基本上是诗韵的合并,只是比诗韵更宽些、更自由些。清人戈载的《词林正韵》把词韵分为十九部,其中平上去三声分为十四部,入声分为五部。据说这十九部还是"取古人之名词参酌而审定"的,其实不过是诗韵的大致合并,和古体诗的宽韵差不多。例如:

1. 平上去声十四部

(1) 平声东冬;上声董肿;去声送宋。

（2）平声江阳；上声讲养；去声绛漾。

（3）平声支微齐，又灰半；上声纸尾荠，又贿半；去声寘未霁，又泰半、队半。

（4）平声鱼虞；上声语麌；去声御遇。

（5）平声佳半，灰半；上声蟹，又贿半；去声泰半、卦半、队半。

（6）平声真文，又元半；上声轸吻，又阮半；去声震问，又愿半。

（7）平声寒删先，又元半；上声旱潸铣，又阮半；去声翰谏霰，又愿半。

（8）平声萧肴豪；上声篠巧皓；去声啸效号。

（9）平声歌；上声哿；去声箇。

（10）平声麻，又佳半；上声马；去声祃，又卦半。

（11）平声庚青蒸；上声梗迥；去声敬径。

（12）平声尤；上声有；去声宥。

（13）平声侵；上声寝；去声沁。

（14）平声覃盐咸；上声感俭豏；去声勘艳陷。

2. 入声五部

（15）屋沃。

（16）觉药。

（17）质陌锡职缉。

（18）物月曷黠屑叶。

（19）合洽。

这十九部大概只能适合宋词的多数情况。其实在某些词人的笔下，第六部早已与第十一部、第十三部相通，第七部早已与第十四部相通。其中有语音发展的原因，也有方言的影响。

（1）有些词调一韵到底，中间不换韵。一韵到底用平韵的如《忆江南》《浪淘沙令》《浣溪沙》《江城子》《玉蝴蝶》等；一韵到底用仄韵的如《卜算子》《木兰花》《齐天乐》《满江红》《念奴娇》等。平韵和仄韵的界限是很清楚的：某调规定用平韵，就不能用仄韵；某调规定用仄韵，就不能用平韵，除非有"又一体"。例如：

白居易《忆江南》单调 27 字，押平韵

江南好，风景旧曾谙(韵)。日出江花红胜火，春来江水绿如蓝(韵)。能不忆江南(韵)？

此小令通押平声韵，第十四部一韵到底，中间不换韵。

莫鸣金《浣溪沙》双调 42 字，押平韵

庚子金秋，刘淮教授"技道两进，心迹双清"书法展开展。敬题小词以贺之。

幕共黄花静静开(韵)，未邀官贵为撑台(韵)。艺从低调见高怀(韵)。

满壁惊龙新失水，浮云朵朵费心裁(韵)。醉人墨韵久徘徊(韵)。

上、下两阕通押平声韵，第五部一韵到底，中间不换韵。

裴萱窗《木兰花·咏牡丹》双调 56 字，押仄韵

倾城貌拥千枝翠(韵)，焦骨不朝天子媚

（韵）。凤仪端合领群芳，笑约花仙军帐汇（韵）。

小梅只是先锋队（韵），哪得春风真富贵（韵）。瑶台月下舞曾经，一曲霓裳妃子醉（韵）。

上、下两阕通押仄声韵，第三部一韵到底，中间不换韵。

（2）在仄声韵中，同韵部的上声韵和去声韵常常通押，这种通押的情况在唐代古体诗中已经开始了。但是入声韵的独立性很强，一般都是独用的。例如通押的有《水龙吟》《齐天乐》《永遇乐》《谢池春》《贺新郎》《祝英台近》《莺啼序》等；入声独用的有《忆秦娥》《念奴娇》《雨霖铃》《兰陵王》《满江红》《暗香》《疏影》等。例如：

柳永《满江红》(押入声韵)

暮雨初收，长川静，征帆夜落（韵）。临鸟屿，蓼烟疏淡，苇风萧索（韵）。几许渔人飞短艇，尽载灯火归村落（韵）。遣行客、当此念回程，伤漂泊（韵）。

桐江好，烟漠漠（韵）。波似染，山如削（韵）。

绕严陵滩畔,鹭飞鱼跃(韵)。游宦区区成底事?平生况有云泉约(韵)。归去来,一曲仲宣吟,从军乐(韵)。

上、下两阕通押入声韵,第十六部一韵到底,中间不换韵。

(3) 有些词调规定平仄互押。平仄互押和上去通押性质不同。上去通押,用上用去一般是随意的;平仄互押,平声韵脚和仄声韵脚是由词调规定的。例如《西江月》规定前后阕的第二句和第三句押平韵,第四句押仄韵。例如:

莫鸣金《西江月·贺大学生读书会〈书友〉创刊》
双调,50字,平仄通韵交错叶韵

博览终身受益,精研学问生辉(第三部平声微韵)。名山事业乐相随(第三部平声支韵),何惜人儿憔悴(第三部去声真韵)。

静坐阑珊灯火,清宵梦绕千回(第三部平声灰韵)。缥缃探宝喜来归(第三部平声微韵),促膝交流同醉(第三部去声真韵)!

《西江月》这个词牌平仄换韵，属于平仄通韵交错叶韵，即所押的平声韵和仄声韵，都要在同一韵部中。这首词韵脚用字都在词韵的第三部中。

（4）有些词调规定平仄换韵。平仄换韵又和平仄互押性质不同。平仄互押是同韵部的字相押，例如莫鸣金《西江月》的韵字都属于第三部；平仄换韵是由平韵换仄韵，或由仄韵换平韵，其韵部并不相同。当然，换韵的位置也是由词调规定的。例如：

裴萱窗《清平乐·壬寅清明》双调 46 字，押仄韵

亲人不在（韵），欲祭行程碍（韵）。心似净瓶谁打坏（韵），碎作一堆无奈（韵）。

西窗孤坐成呆（韵），风寒略觉伤怀（韵）。思念开如春荠，今年去后还来（韵）。

上阕："在""碍""坏""奈"（仄韵，第五部）相押；下阕转："呆""怀""来"（平韵，第五部）相押。这首词转韵后，韵字都在词韵的第五部中。

李煜《虞美人》双调 56 字,平仄换韵

花秋月何时了(仄韵),往事知多少(仄韵)?小楼昨夜又东风(平韵),故国不堪回首月明中(平韵)。

雕栏玉砌应犹在(仄韵),只是朱颜改(仄韵)。问君能有几多愁(平韵)?恰似一江春水向东流(平韵)。

上阕:"了""少"(仄韵,第八部)相押,之后转:"风""中"(平韵,第一部)相押;下阕:"在""改"(仄韵,第五部)相押,之后转:"愁""流"(平韵,第十二部)相押。这首词转韵后,韵字不在同一个韵部中。

三、楹 联

(一) 楹联术语

楹联,通称"对联",也称"楹帖"。楹,古时指厅堂的前柱,即房柱或门柱。楹联本指楹柱联,后来借代泛指对联。

上联:对联的前半部分,又称出句、上支、上比、对首、对公。

下联:对联的后半部分,又称对句、下支、下比、对尾、对母。

全联:包括上下联。

半联:只有上联或下联。

节奏点:在声律节奏中,每两字为一节,每节的第二字为节奏点,又叫音步。

句腰:联句居中的字,又称"腰眼"。

句脚:上下联中每一子句的结尾字。亦称"煞脚"。

联尾:上下联的最末一字。上联联尾必须是仄声字,下联联尾必须是平声字。

(二) 楹联的"字"和"言"

楹联的"字"数是上下联字数的总和。总和之半为"言",但这只适用于七言以下的楹联。一般来说,七言以上的楹联,只说字数不称"言"。如孙髯翁题昆明大观楼联,上下联各90字,通常则称其为180字联,而不称为"90言联";钟云舫题四川江津临江城楼联,上下联各806字,则取其字数之和,称为1612字长联。

例如:孙髯翁题昆明大观楼180字长联(上下联各90字)

五百里滇池,奔来眼底。披襟岸帻,喜茫茫空阔无边。看东骧神骏,西翥灵仪,北走婉蜒,南翔缟素。高人韵士,何妨选胜登临。趁蟹屿螺洲,梳裹就风鬟雾鬓;更蘋天苇地,点缀些翠羽丹霞。莫孤负:四围香稻,万顷晴沙,九夏芙蓉,三春杨柳。

数千年往事,注到心头。把酒凌虚,叹滚滚

英雄谁在？想汉习楼船，唐标铁柱，宋挥玉斧，元跨革囊。伟烈丰功，费尽移山心力。尽珠帘画栋，卷不及暮雨朝云；便断碣残碑，都付与苍烟落照。只赢得：几杵疏钟，半江渔火，两行秋雁，一枕清霜。

（三）楹联的横披

横披，又叫横批、横额（或简称"额"），还有叫横联或对子脑的。常悬挂或张贴在对联上方正中部位壁柱横眉上，对全联意思带有总结性质。它是对联的一个有机组成部分。横披一般用于名胜景点、茶楼酒馆和迎春喜庆场合，有时也用于嘲讽戏谑。

横披与联语成为不可分割的一个整体，相互支持、补充映发，这是对联的又一章法。拟横披时，要注意以下几点：

A. 横披字数，通常是四字。可以少到二三字，有时也可以多到五七字。

B. 横披的文字，一般不要跟联语重复（嵌名者除外）。

C. 横披的文字,最好能适当注意声调。如四字句,不宜全仄全平,能合乎四言句的平仄格式更好。

(四) 楹联的格律

楹联的格律,简称为联格或联律,指楹联在内容、词性和声律等方面的规则。楹联的基本特征是词语对仗和声律协调。

楹联自古迄今一直没有一个比较规范的联律体系,故中国楹联学会于 2007 年 6 月 1 日制定了《联律通则(试行稿)》,之后进行了修订,2008 年 10 月 1 日起正式实施《联律通则(修订稿)》。2010 年由中国楹联学会编的《联律通则导读》又做了详细说明。2024 年又做了进一步修订。通则共分为四章十五条,分为第一章基本规则六条(字句对等、词性对品、结构对应、节律对拍、声调对立、语意关联),第二章传统对格(四条),第三章从宽范围(两条),第四章附则(三条)。这对规范和指导当代楹联创作和研究有着积极作用和重要意义。最为基本的规则共六条。

1. 字句对等

一副对联，由上下联两部分构成。上下联的句数相等，对应语句的字数相等。

例1：古人巧对（1字）

墨；泉

此联精巧之处在于，可把"墨"字拆分为"黑土"，"泉"字拆分为"白水"相对，二者在词义对仗上依然很工整。

例2：郑板桥题月观亭联（5字）

月来满地水；云起一天山。

例3：裴萱窗题醉月亭联（7字）

月映廊亭能醉客；风摇花影欲扶人。

例 4：古人贺新婚巧对（7 字）

有水有田方有米；添人添口便添丁。

潘、何二姓结婚，潘为男家，何为女家。女家说："我女儿嫁过去没有其他奢望，但愿有口饭吃就足够了。"男方家说："我家也没有其他想法，但愿媳妇进门后能添丁抱子就满足了。"于是有人便写了这副贺联。作者巧妙地把潘、何二姓拆解开来，写成一副对联，且把双方的意愿都表达了出来，独具匠心，令人拍案。

例 5：李鼎题扬州瘦西湖南大门联（52 字）

天地本无私，春花秋月尽我留连，得闲便是主人，且莫问平泉草木；

湖山信多丽，杰阁幽亭凭谁点缀，到处别开生面，真不减清閟画图。

此联是由四个分句构成的长联，上、下联不仅句数相等，对应语句的字数也相等。

中华传统文化经典辅读手册

第五册

2. 词性对品

上下联处于相同位置的词,词类属性相同,或符合传统的对偶种类。

所谓"品",就是类。通则中使用的"对品",包含了两个方面的含义,一是按现代汉语语法对词性的分类(即名、动、形、代、数、量、副、介、连、助、叹、拟等),上下联对应的词或词组,其词性要相同而成对,即名词对名词,动词对动词,形容词对形容词等;二是上下联对应的字词,要符合传统的对仗种类,即传统的字类虚实相对,或者传统的对偶辞格而成对。

古人属对一般把字分作实字、虚字、助字和半虚半实字。其定义是:"无形可见为虚,有迹可指为实;体本乎静为死,用发乎动为活;似有似无者,半虚半实。""实、虚、死、活",就是词性概念。与现代汉语语法词性的分类对照,所谓的"实字"都是名词;"半实"是抽象名词;"虚字(活)"是动词;"虚字(死)"是形容词;"助字"包括现在所说的连、介词、助词等虚词;"半虚",

除方位词外,还包括一些意义比较抽象的形容词和时间词。古人属对的要求是:"实对实,虚对虚,死对死,活对活。"符合二者之一者,均可成对。

例如:梁章钜题闽浙分界处枫岭五显神庙联

远看疑画,近看似诗,及至身到其间,又觉诗画都无著手处;

善者敬神,恶者畏鬼,究竟皆非异物,须知神鬼出在自心头。

联中"远看疑画,近看似诗"和"善者敬神,恶者畏鬼",从词性和结构上看,并不相对,但按照传统对偶种类中的当句自对,则完全符合对仗的要求,即本句中,"远看疑画"对"近看似诗","善者敬神"对"恶者畏鬼",则极为工整。"诗画"对"鬼神","著手处"对"自心头"都是实对实;"及至"对"究竟","又觉"对"须知","都无"对"出在"则是虚对虚,活对活。

3. 结构对应

上下联词语的结构,彼此互相对应,或符合传统习惯。

从现代汉语语法学的角度来讲,相应的句式结构或词语结构要尽可能一致,即主谓结构对主谓结构,动宾结构对动宾结构,或偏正结构对偏正结构,并列结构对并列结构。

古人在诗文的对仗中,只立足于字的相对,几乎不涉及词和词组的概念,以及短语和句子的概念。句式结构对应的上下联一定可以构成对仗,但已经构成对仗的上下联不一定都句式结构对应。王力先生在谈到"对仗上的语法问题"时说,语法结构相同的句子相为对仗,这是正格。但是,诗词的对仗还有一种情况,就是只要求字面相对,而不要求句型相同。

例如,杜甫《八阵图》:"功盖三分国,名成八阵图。""三分国"是"盖"的直接宾语,而"八阵图"却不是"成"的直接宾语。

对仗是不能拘泥于句式结构相同的。对

"结构对应"的把握,主要应侧重于上下联词语结构的对应,在此基础上,再适当关注词义配合、词序排列和修辞运用等。

4. 节律对拍

上下联句的句读节奏一致。节奏的确定,可按音节节奏,即二字为节,节奏点在语句用字的偶数位次,出现单字独占一节;也可按语意节奏,即出现不宜拆分的三字或更长的词语,其节奏点均在最后一字。语意节奏与声律节奏有时一致,有时并不一致。

例1:舟横/清浅/水村/晚;

　　　路入/翠微/山寺/寒。(二二二一节奏)

声律节奏和语意节奏一致。

例2:牢骚/太盛/防/肠断;

　　　风物/长宜/放/眼量。(二二一二节奏)

一般按声律节奏会读作：牢骚/太盛/防肠/断；风物/长宜/放眼/量。语意节奏和声律节奏不一致。

例 3：骈文节奏

　　浮舟/沧海；

　　跃马/昆仑。（二二节奏）

　　竹雨/松风/琴韵；

　　茶烟/梧月/松风。（二二二节奏）

例 4：诗律节奏

　　曲径/通幽/处；

　　园林/无俗/情。（二二一节奏）

例 5：词律节奏

　　破/千年/旧俗；

　　开/一代/新风。（一二二节奏）

例6：古文节奏

人生/得/一知己/足矣；

斯世/当/以同怀/视之。（二一三二节奏）

5. 声调对立

本句中相邻节奏点上的字，平仄交替；上下联句所对应节奏点上的字，平仄相反。多分句联中，各分句句脚的平仄有规律地交替。上联收于仄声，下联收于平声。

单句联及多句联的分句，一句之内的若干节奏点上要平仄交替；而上下联对应的节奏点上要平仄相反。

例如：裴萱窗题彭城燕子楼联

栋枝挂月，芳岛成舟，浮游四海春愁，人去含情还有梦；

往事如烟，小楼似燕，沉醉一湖秋水，风来展翅欲回唐。

此联上、下联分别由四个分句构成,上联第一分句节奏点"枝""月"(平仄),第二分句节奏点"岛""舟"(仄平),第三分句节奏点"游""海""愁"(平仄平),第四分句节奏点"去""情""有"(仄平仄);下联第一分句节奏点"事""烟"(仄平),第二分句节奏点"楼""燕"(平仄),第三分句节奏点"醉""湖""水"(仄平仄),第四分句节奏点"来""翅""回"(平仄平)。一句之内,若干节奏点呈平仄交替,上下联对应节奏点上的字平仄相反。

多句联的各分句之句脚要平仄交替,一般情况下,其声调按顺序形成两平两仄的交替。句脚按顺序形成两平两仄的交替,即所谓的"马蹄格",不失为较佳的格式,但它绝不是唯一的,例如,朱氏规则也是主要的格式之一,其特征是上联各句之句脚,除尾句收于仄声外,其余都是平声。所以,对三句及三句以下的多句联而言,朱氏规则与马蹄格是相通的、统一的。

例如:莫鸣金题戏马台东大门联

扬古韵,歌盛世,沐繁华,倘虞姬结伴逛来,
当惊超市人流满;

领新潮,绘名城,添异彩,若项羽登台望罢,
应诧楚都胜景多!

此联上、下联,分别由五个分句构成,上联分句句脚用字为:韵世华来满(仄仄平平仄),下联分句句脚用字为:潮城彩罢多(平平仄仄平),呈两平两仄交替出现,符合马蹄格。

例如:裴萱窗题吕梁湖水榭联

到此跨春风,喜杏抹红霞,柳翻碧浪;
临湖餐秀色,看山排明阆,鸟绘蓝图。

此联上、下联分别由三个分句构成,上联分句句脚用字为:风霞浪(平平仄),下联分句句脚用字为:色阆图(仄仄平),其上联各句之句脚,除尾句收于仄声外,其余都是平声。这既符合

"朱氏规则",也符合"马蹄格"。

在楹联创作实践中还有一些其他的变格格式,如三句联上、下联句脚分别为仄平仄、平仄平;四句联上下联句脚分别为平仄平仄、仄平仄平等。

例如:裴萱窗题显红岛"水月摇红"水榭联

新亭月映,红岛飞歌,柳弦风拂阳春曲;
碧水波摇,兰舟载笑,莺舌声翻白雪诗。

此联上、下联分别由三个分句构成,上联分句句脚用字为:映歌曲(仄平仄),下联分句句脚用字为:摇笑诗(平仄平),其上、下联句脚分别为仄平仄、平仄平,是一种变格格式。

从总结楹联创作规律性的角度来讲,不管是"马蹄格""朱氏规则",或其他变格形式,坚持"每句句脚之平仄形成音步递换"的基本要求,是具有共识的。

上联联尾用仄声,下联联尾用平声。虽然历史上出现过个别相反的例证,例如北京故宫三希堂悬挂的书房联:"怀抱观古今;深心托豪素。"此联系乾隆集南北朝诗人谢灵运、颜延之诗句成联。其上联联尾用平声，下联联尾用仄声。但从当代楹联创作实践看，上联尾仄收，下联尾平收，这已成为一种最基本的定则。

6. 语意关联

上下联句表达同一主题。

在语意上，上下联所表达的内容，包括景色、形象、思想、意境等，必须相关。

对联，围绕着同一主题展开，为表现同一主题服务。否则，只是原始的、普通的对偶，不是文体意义上的对联。即使李渔《笠翁对韵》中的"天对地""雨对风"，也只是修辞材料的运用，都不能称其为对联。

关于"联意相关"，也有研究者认为，它是撰联的艺术和技巧问题，没有统一的规则，不宜列入联律的范畴。比如"无情对""分咏诗钟"等，联意就完全不相关。联意的"相关"与"不相关"，只是读者理解的问题。例如看似"完全不相关"的对联"庭前花始放；阁下李先生"，其实也可以理解为"相关"。"阁下李先生"不把其理解成一个人,而理解为"李花先开放"或"李子先生长出来"时,意思上也就关联起来了。汉语不同语境下产生的多义性,造成了读者理解的不同,联语文字的趣味性,也便由此产生。

就楹联格律而言,"六条基本规则"只是初级的、简化的表述形式,初学楹联创作者只要遵循上述六条基本规则,就可以创作出中规中矩的楹联作品来。换言之,在所有的情况下,只要遵循了上述六条基本规则的楹联,肯定是合格的作品,甚至有可能是上乘之作;但是,在特定的情况下,未能遵循上述六条基本规则的楹联,未必算是出格的作品,甚至有可能是传世佳作。

例如:林则徐传世名联

海纳百川,有容乃大;(仄仄仄平,仄平仄仄)

壁立千仞,无欲则刚。(仄仄平仄,平仄仄平)

按照《联律通则》的六条基本规则,这副联就存在违犯联律的情况。下联中节奏点位置的

"立""仞"两字，均为仄声，存在平仄失替的问题；下联中节奏点位置的"立"字，和上联中对应的"纳"字，皆为仄声，没有做到平仄相对，是为失对。此联上下联语意相关，表达出鲜明的同一主题，是一副非常励志的格言联。对于这类历史上的名人名联，我们也不能因律而害义，就此否定这副楹联的存世价值，宜从宽处之。

（五）传统对格和从宽范围

《联律通则》制定的"六条基本规则"只是初级的、简化的表述形式，并不能涵盖从古至今所有的属对格式。用它去衡量采用传统修辞对格撰写的楹联，也就变得不符合联律了。好比今人用现代汉语规则去规范古人，那古人所用的通假字也就都算错字了。鉴于此，《联律通则》专门胪列了"传统对格"和"从宽范围"的专章作为补充。

对于历史上形成的且沿用至今的传统修辞对格，例如，当句自对、叠字对、交股对、借对等，均可视为工对。

例 1：

清风明月本无价；

近水远山皆有情。

苏州沧浪亭的这副对联，就是采用当句自对的传统对格。上联中"清风"和"明月"自对，下联中"近水"和"远山"自对，比上下联"清风"对"近水"，"明月"对"远山"还要来得工整。

例 2：

少年曾任侠；

晚节更为儒。

这是一副借对联。下联中节操的"节"，借义为年节的"节"字，和上联中的"年"字组成工对。

例 3：

寄身且喜沧州近；

顾影无如白发何。

这也是一副借对联。上联中沧州的"沧"，借音为表颜色的"苍"字，和下联中的"白"字组成工对。

用字的平仄，或依古汉语旧声韵（即平水声韵），或依现代汉语新声韵，但在同一副对联中不得混用。

使用领字、衬字、虚词、两个音节以上的数词等，允许不拘平仄，且不与相连词语一起纳入节奏。

衬字在对联中主要是为补充联句的音节不足而衬用，多用虚字，实则为音节助词。因对联的衬字多无实义，一般不需要解释其意义，只是用来补足或者凑足二字一节的音步节奏，故平仄可以不计。

例1：南京燕子矶永济寺联

江水滔滔，洗尽千秋人物。看闲云野鹤，万念皆空，说什么晋代衣冠，吴宫花草；

天风浩浩，吹开大地尘氛。倚片石危栏，一关独闭，更何须故人禄米，邻舍园蔬。

上联"看闲云野鹤"这句中的"看"字,作为领字,统领该句中的"闲云野鹤"四字;"说什么晋代衣冠,吴宫花草"这句中的"说什么",作为领字,统领该句中的"晋代衣冠,吴宫花草"八字。

下联中"倚片石危栏"这句中的"倚"字,作为领字,统领该句中的"片石危栏"四字;"更何须故人禄米,邻舍园蔬"这句中的"更何须",作为领字,统领该句中的"故人禄米,邻舍园蔬"八字。

上下联的四处领字,允许不拘平仄,且不与相连词语一起纳入节奏。如在此拘于平仄,且和相连词语一起计算节奏,那么,领字和相连词语在节奏上就有失替之嫌了。如"说什么晋代衣冠(仄仄仄仄仄平平)",偶数字位节奏点连续出现两处仄声字;"更何须故人禄米(平平平仄平仄仄)"偶数字位节奏点也连续出现两处仄声字,是为失替。若此处领字不计节奏,则上联中"晋代衣冠,吴宫花草(仄仄平平,平平平仄)"不仅可以组成工稳的当句自对,而且,和下联中

"故人禄米,邻舍园蔬(仄平仄仄,平仄平平)"也可以组成工稳的对仗。

例2:杭州岳庙联

史笔炳丹书,真耶伪耶,莫问那十二金牌,七百年志士仁人,更何等悲歌泣血;

墓门凄碧草,是也非也,看跪此一双顽铁,亿万世奸臣贱妇,受几多恶报阴诛。

联中"耶""也"两虚字叠用,平仄可以不拘。作为语助词,其在联中表达出质问、义愤,更是对是非曲直毁誉忠奸的评判,让读者在感情上产生震撼,更对忠臣表示敬仰,对奸佞予以鄙视与憎恨。

允许不同词性相对从宽的范围大致包括:形容词和动词;偏正词组中,充当修饰成分的词;同义或反义连绵词;成序列(或系列)的事物名目。巧对、趣对、摘句对、集句对等,允许适当放宽。

例1：

> 松下围棋,松子忽随棋子落；
>
> 柳边垂钓,柳丝常伴钓丝悬。

这是前人写的一副巧对联。联中"围棋"和"垂钓"在词性上一个是名词,一个是动词,二者本不相对,在此可从宽。

例2：

> 眼明小阁浮烟翠；
>
> 身在荷香水影中。

这是清人李彦章作的一副集句联,用来题写其于宾州所建的"听荷小阁",上下联文意切合,浑然天成。上联集自苏轼《次韵周邠寄雁荡山图二首(其一)》,下联集自杨万里《梳头有感二首(其一)》。整副联对仗堪称完美,唯联中形容词"明"和动词"在"在词性对仗上稍微欠工,在此可从宽。

(六) 楹联禁忌

1. 忌失替失对

句中偶数字位若连续用两个以上平声或仄声,为失替。

上下联句中偶数字位若平对平,仄对仄,叫失对。

若把平声字和仄声字鱼贯成一长串;或一平到底;或一仄到底,则平仄不谐,不合联律。

例如:

> 菊径曾是贤士扫; 仄仄平仄平仄仄
>
> 蓬门今为故友开。 平平平仄仄仄平

上联偶数字位"径""是""士"连续出现三个仄声字,下联偶数字位"为""友"连续出现两个仄声字,是为失替。上下联偶数字位中,"是"对"为","士"对"友",皆是仄对仄,是为失对。将其平

仄适当加以调整,其声律意境可达更佳。改后如:

菊径曾经贤士扫; 仄仄平平平仄仄

蓬门今为故人开。 平平(平)仄仄平平

2. 忌同、异位不规则重字

避免不规则重复字既是对短联的要求,也是对长联的要求。特别是较短的对联中,出现不规则重复字有损对联的形式美。如异位不规则重字:

年丰人寿花如海;柳暗花明春似潮。

此联毛病,在上下联中重复使用"花"字,使好端端的一副春联出现了毛病。修改如下:

年丰人寿福如海;柳暗花明春似潮。

经此一改,既避免了重复字,又使对联合律

而寓意更为贴切、吉祥。

又如同位不规则重字：

左手牵来千里马；右手牵来万里牛。

上下联同位重复使用"手""牵来""里"字，意思重复。改动如下：

左手牵来千里马；前身应是九方皋。

下联中以"前身"代"右手"，以"应是"代"牵来"，以"九方皋"代"万里牛"，这样既避免了多字重复，又使联意得到了进一步升华。另外，联中为了突出强调某一事物或某一情状，或增强联文的趣味性和提升音韵效果，刻意用一些重字，不算犯重。

例如：莫鸣金集《兰亭序》字的回文联

乐生弦上弦生乐；言寄情怀情寄言。

又如黄文中题西湖天下景亭联：

> 水水山山处处明明秀秀；
> 晴晴雨雨时时好好奇奇。

3. 忌同义相对

同义相对，又称合掌。在一副楹联中，出句和对句中，局部或全联所说的意思完全是一回事，这就叫合掌，也称语义合掌。例如：

> 神州千古秀；赤县万年春。

联中"神州"和"赤县"均指中华大地，"千古秀"和"万年春"意思相同，存在语义合掌。

> 鸟语春光好；莺歌柳色新。

"鸟"是总概念，"莺"是属概念；"春光"已暗含了"柳色"，也属合掌性质。

日日五湖传喜讯；天天四海送佳音。

"五湖"与"四海"，同指地域广阔，"传"与"送"意思相近，"日日"和"天天"，"喜讯"和"佳音"皆为同义词。上下联所用字词虽不同，但其语义实同，存在语义合掌。

总之，上下联相对应的词，不能用同义词或近义词，否则就是合掌。例如：英雄对豪杰，家家对户户，个个对人人，父对爸，朱对赤，绿对青，朋对友，脚对足，头对首，等等。

4. 忌上强下弱

对联上下之间要注意做到在色彩、神采、分量、气势上匹配，要旗鼓相当，若能做到下联略胜于上联则更佳。要力避出现虎头蛇尾，上联气盛、下联气弱的毛病。例如：

山河壮丽春风荡；杨柳娇柔燕子飞。

此联是典型的上盛下衰联。"山河壮丽"对

"杨柳娇柔",就有上大下小、上强下弱的毛病。如把下联改为"日月辉煌福运来",则上下联的分量、强弱,就相对趋于平衡了。

5. 忌同声收尾

根据对联平仄相谐的对仗规则,要求上联末尾仄声收,下联末尾平声收。

上联末尾仄收的两种格式:A. 仄仄;B. 平仄

下联末尾平收的两种格式:A. 平平;B. 仄平

上、下联的两种收尾格式,可以任意组合搭配。上、下联可以 A 配 A、B 配 B,也可以 B 配 A、A 配 B。

例 1:

莫鸣金题大沙河梨园联

香雪伴春来,花放一园银世界;

金风邀客赏,果摇万树玉玲珑。

上联收尾"世界"为仄仄,下联收尾"玲珑"为平平。此为 A 配 A 收尾格式。

例 2：

裴萱窗题吕梁湖双亭联

诗意我来寻，且缠绵亭畔槐香，篱间虫语；

鸳盟谁见证？待吩咐湖中鸥鸟，云外青山。

上联收尾"虫语"为平仄，下联收尾"青山"为平平，此为 B 配 A 收尾格式。

6. 避免三仄尾，忌三平尾

避免三连仄，忌三连平，是针对上下联联尾而言。在遵守联尾上仄下平原则的同时，还必须遵守不得在上下联尾部连续出现"仄仄仄"或"平平平"现象。这就是说"三平尾"是有违联律的，不能出现；"三仄尾"虽允许，但应尽量避免。

例如：

美酒千盅送旧岁；梅花万树迎新春。

联中"送旧岁"为三个仄声，"迎新春"为三

个平声,犯忌。这是专指上下联联尾切忌三连
仄和三连平。但是在撰联时,联(句)首和联
(句)中,如出现三连仄三连平是合律的。

7. 忌对而不联

上下联只注重对仗,而语意上没有联系。
所述事物各自孤立存在,或关联性不强,难以表
达完整的主题。

例如:

>春风得意;霜色寒心。

>阳澄湖上捉螃蟹;大别山中打敌人。

8. 忌逻辑关系出问题

例如:

>金钱如粪土;朋友值千金。

朋友＝金钱(千金)＝粪土→朋友＝粪土

由此推理出:朋友＝粪土,朋友等同粪土,
和实际想表达的意思相反,成了笑话。

附　录

联律通则(2024 新修版)

中国楹联学会

引　言

　　对联是中华优秀传统文化的重要组成部分,具有谐巧性、实用性、文学性等特点。

　　对联是两行对仗且意联的文字所组成的独立文体,其基本特征是"对仗",即"词语对偶"与"声调对立"。中国楹联学会曾组织联界专家将千余年来散见于各种典籍中有关联律的论述,进行梳理、规范,分别于 2007 年 6 月 1 日形成《联律通则(试行稿)》、于 2008 年 10 月 1 日颁布《联律通则(修订稿)》,得到联界的广泛认可。在多年实践基础上,中国楹联学会再次征求各方面的意见,作进一步的修改,制订了《联律通则》。现经中国楹联学会八届五次会长会议审议通过,予以颁布。

第一章　基本规则

　　第一条　字句对等。一副对联,由上下联两部分构成。上下联的句数相等,对应语句的字数相等。

　　第二条　词性对品。上下联处于相同位置的词,词类属性相同,或符合传统的对偶种类。

　　第三条　结构对应。上下联词语的结构,彼此互相对应,或符合传统习惯。

　　第四条　节律对拍。上下联句的句读节奏一致。节奏的确定,可按音节节奏,即二字为节,节奏点在语句用字的偶数位次,出现单字独占一节;也可按语意节奏,即出现不宜拆分的三字或更长的词语,其节奏点均在最后一字。

　　第五条　声调对立。本句中相邻节奏点上的字,平仄交替;上下联句所对应节奏点上的字,平仄相反。多分句联中,各分句句脚的平仄有规律地交替。上联收于仄声,下联收于平声。

第六条　语意关联。上下联句表达同一主题。

第二章　传统对格

第七条　对于历史上形成的且沿用至今的传统修辞对格,例如,当句自对、叠字对、交股对、借对等,均可视为工对。

第八条　用字的平仄,或依古汉语旧声韵(即平水声韵),或依现代汉语新声韵,但在同一副对联中不得混用。

第九条　使用领字、衬字、虚词、两个音节以上的数词等,允许不拘平仄,且不与相连词语一起纳入节奏。

第十条　避忌问题:

(1) 忌合掌;

(2) 忌不规则重字;

(3) 避免三仄尾,忌讳三平尾。

第三章　从宽范围

第十一条　允许不同词性相对的范围大致包括：

（1）形容词和动词；

（2）偏正词组中，充当修饰成分的词；

（3）同义或反义连绵词；

（4）成序列（或系列）的事物名目。

第十二条　巧对、趣对、摘句对、集句对等，允许适当放宽。

第四章　附则

第十三条　本通则作为对联教育、创作、评审、鉴赏中，在格律方面的基本依据。

第十四条　本通则由中国楹联学会解释。

第十五条　本通则自 2024 年 1 月 1 日起施行。2008 年 10 月 1 日颁布的《联律通则（修订稿）》同时废止。

后　记

　　近代大学者王国维先生曾说,一代有一代之文学。我们熟知的唐诗、宋词、元曲、明清小说就是很突出的代表。明清除小说外,还有一样就是楹联。诗、词、楹联是韵文文学中典范的文学体裁,也是中华文化优秀的组成部分。

　　为继承好这份宝贵的文化遗产,本册简明扼要地讲述了诗、词、楹联三种文体格律的基本知识。对近体诗和词的平仄规律、基本句型、对粘法则、对仗、押韵、词调、词牌、词谱、同调异名、同调异体等知识点,做了细致讲述。对中国楹联学会最新修订的《联律通则》也做了简要介绍和解析。

　　为便于初学者更好地理解和掌握相关文体的格律知识,在具体讲述时,尽量结合经典作品作为范例进行解析,解析时力求简明扼要,浅显易懂,便于把握。与此同时,还特别选取了一些当代诗词联作品作为范例进行格律解析,目的在于让读者能够通古知今,在学习借鉴古人创作技巧的同时,也能知晓如何通过诗词联创作,来表现当下的世界。作为传统文学样式,当代的诗词联创作虽已不再是文学的主流,但其依然葆有旺盛的生命力,依然可以很好地为我们今天的社会生活服务。杜甫说:"不薄今人爱古人。"参考借鉴今人的作品,揣摩如何利用传统的文学样式来全方位地表现我们今天的新时代,还是非常必要的。时人常说"旧瓶装新酒",正是这个意思的形象表达。清代画僧石涛曾说:"笔墨当随时代。"试想,如果我们手中的笔,不能推陈出新,不去很好地运用传统文学样式来描画我们今天的现实生活,一味模唐仿宋,重复古人的生活场景和意境,即便作品和古人写的一模一样,那又有什么现实意义呢?

希冀读者在对中华传统文化经典诵读研习的基础上,通过对这些格律知识的深入学习,能够在诗、词、楹联这三种文体的写作方面入门。在浩瀚的古典文学海洋中,能萃取精华,扬传统文学样式之长,浓墨重彩地书写当代,使诗、词、楹联这一优秀传统文化样式能够得到更好的传承和弘扬。

本书作为普及性读物,在编写时我们研究借鉴了一些前贤学者的研究成果,在此深致谢意!在出版过程中,得到南京大学出版社高军和钱梦菊老师的悉心帮助,也一并表示感谢!由于时间仓促,水平所限,书中一定还存有谬误之处,尚祈读者不吝指正。

编 者

王力 主编

◎套书主编 钱进 赵鹏 汪颖 ◎编审 康秀玲

中华传统文化经典诵读手册

中国现当代诗歌中的党史

南京大学出版社

图书在版编目(CIP)数据

中国现当代诗歌中的党史 / 王力主编. —南京：
南京大学出版社，2025.3
（中华传统文化经典诵读手册 / 钱进，赵鹏，汪颖主编；6）
ISBN 978-7-305-24999-0

Ⅰ. ①中… Ⅱ. ①王… Ⅲ. ①诗集－中国－现代②诗
集－中国－当代 Ⅳ. ①I226

中国版本图书馆 CIP 数据核字(2021)第 199254 号

出版发行　南京大学出版社
社　　址　南京市汉口路 22 号　邮　　编　210093
套 书 名　中华传统文化经典诵读手册
套书主编　钱　进　赵　鹏　汪　颖
书　　名　中国现当代诗歌中的党史
　　　　　ZHONGGUO XIANDANGDAI SHIGE ZHONG DE DANGSHI
主　　编　王　力
责任编辑　高　军　钱梦菊　　编辑热线　025-83592146
照　　排　南京开卷文化传媒有限公司
印　　刷　南京京新印刷有限公司
开　　本　787 mm×1092 mm　1/32　印张 5.75　字数 100 千
版　　次　2025 年 3 月第 1 版　2025 年 3 月第 1 次印刷
ISBN　978-7-305-24999-0
定　　价　60.00 元(全 6 册)

网　　址：http://www.njupco.com
官方微博：http://weibo.com/njupco
微信服务号：njuyuexue
销售咨询热线：(025)83594756

前　言

　　呈现在各位老师和同学面前的是江苏师范大学组织编写的一套系列诵读手册,共有六册,分别是《中华传统节日古诗词精选》《歌咏徐州古诗词精选100首》《飞花令选录诗词》《中华经典诗词曲目》《诗词联格律概要》和《中国现当代诗歌中的党史》。这是我校多年"中华母语节"活动的成果集萃。

　　这套手册的编写,是我们实现高校对中华优秀传统文化传承发展的探索,是落细落小落实的举措。它的重要现实意义在于:坚定文化自信,提升大学生对中华优秀传统文化的认知度和接受度;深化博雅教育,提升大学生的人文情怀和审美品位;推进教学改革,着力探索中华优秀传统文化进校园进课堂的重点和支点。

　　我校的办学定位中特别强调了要建设"有品位"的高水平大学,确定了"守正出新,坚志勇为"

的校园精神,其中就蕴含着对于中华优秀传统文化要担负起继承和创新的历史使命,要培养具有较高品位的文化传播者和创新型人才。多年来,我们致力于将传统文化资源引入教育教学体系,开展了一系列创新性探索,例如合作举办海峡两岸大学生古典诗词联吟大会,研发创作汉风乐舞,在华佗"五禽戏"的基础上创意研发"中华五禽操",研究作为足球起源之一的汉代蹴鞠并重现蹴鞠竞赛场景,开设汉文化进校园系列课程等。这些探索体现了我们对于发挥现代大学的第四个功能——文化传承与创新的积极实践,也是我们在新的起点上再次出发的坚实基础。

　　文化先哲孔子曾说人才的成长应当"兴于诗,立于礼,成于乐"。让我们从欣赏古诗词出发,从党的百年奋斗征程中感悟,去进入中华优秀传统文化宝库,接受中华美学精神的濡染,感受红色革命文化的壮怀。唯有先筑牢民族传统文化根基,才能更加自信地参与世界不同文明的交流互鉴,也才能成为具备中华人文情怀和世界发展眼光的新时代建设者。

编　者

2025 年 1 月

目 录 contents

1. 欢迎独秀出狱

李大钊

（一）

你今出狱了，

我们很欢喜！

他们的强权和威力，

终竟战不胜真理。

什么监狱什么死，

都不能屈服了你：

因为你拥护真理，

所以真理拥护你。

（二）

你今出狱了，

我们很欢喜！

相别才有几十日，

这里有了许多更易：

从前我们的"只眼"忽然丧失，

我们的报便缺了光明，减了价值；

如今"只眼"的光明复启，

却不见了你和我们手创的报纸！

可是你不必感慨，不必叹惜，

我们现在有了很多的化身，同时奋起：

好像花草的种子，

被风吹散在遍地。

（三）

你今出狱了，

我们很欢喜！

有许多的好青年，

已经实行了你那句言语：

"出了研究室便入监狱，

出了监狱便入研究室。"

他们都入了监狱，

监狱便成了研究室；

你便久住在监狱里，

也不须愁着孤寂没有伴侣。

【导读】

1919 年 6 月 11 日晚，《新青年》主编陈独秀在北京前门外"新世界"游艺场散发《北京市民宣言》传单被捕，当晚住宅被查抄。消息传出，群情激愤。6 月 13 日起，北京《晨报》《北京日报》，上海《申报》《时报》《时事新报》《民国日报》等各地报刊纷纷发表消息或评论，抨击北洋政府，声援陈独秀。在社会舆论压力下，北洋政府于 9 月 16 日释放陈独秀。各地报刊又为此发表消息和文章，表示欢迎和祝贺。

这首诗作于 1919 年 9 月，先刊于北京《新生活》周刊，后发表于同年 11 月出版的《新青年》第六卷第六号。

陈独秀曾说："世界文明发源地有二：一是科学研究室，一是监狱。我们青年要立志出了研究室就入监狱，出了监狱就入研究室，这才是人生最高尚优美的生活。"（《研究室与监狱》，《每周评论》1919 年 6 月）

【评论链接】

鲁迅："他的遗文却将永住，因为这是先驱者的遗产，革命史上的丰碑。"（鲁迅《〈守常全集〉题记》，《鲁迅全集》第四卷，人民文学出版社，1981 年，523 页。）

1958 年，林伯渠为《李大钊选集》题诗："登高一呼群山应，从此神州不陆沉。大智若愚能解惑，微言如闪首传真。"

2.《女神》序诗

郭沫若

我是个无产阶级者：
因为我除个赤条条的我外，
什么私有财产也没有。
《女神》是我自己产生出来的，
或许可以说是我的私有，
但是，我愿意成个共产主义者，
所以我把她公开了。

《女神》哟！
你去，去寻那与我的振动数相同的人；
你去，去寻那与我的燃烧点相等的人。
你去，去在我可爱的青年的兄弟姊妹胸中，
把他们的心弦拨动，
把他们的智光点燃吧！

1921 年 5 月 26 日

【导读】

本篇写于 1921 年 5 月 26 日,后收入《女神》,泰东书局 1921 年版。

这首序诗是以自由体的形式写的,可以看作郭沫若完成《女神》之后的精神自白。宣称"我是个无产阶级者""我愿意成个共产主义者",与《女神》中《匪徒颂》歌颂的"革命的匪徒"马克思、恩格斯、列宁互相呼应。当时的郭沫若对于共产主义的理解尚不够深刻,但是希望去寻找"与我的燃烧点相等的人"这种诉求,不仅体现了《女神》对于现代诗歌的精神引领意义,更昭示了后来他走向共产主义革命的审美逻辑。

3. 赤潮曲

瞿秋白

赤潮澎湃，

晓霞飞动，

惊醒了，

五千余年的沉梦。

远东古国

四万万同胞，

同声歌颂，

神圣的劳动。

猛攻，猛攻，

捶碎这帝国主义万恶丛！

奋勇，奋勇，

解放我殖民世界之劳工，

何论黑，白，黄，无复奴隶种！

从今后，福音遍天下，

文明只待共产大同。

看！

光华万丈涌。

【导读】

1920 年，瞿秋白以北京《晨报》记者身份赴苏俄实地采访，想"为大家辟一条光明的路"。这是现代文学史上第一首赞美工人运动的政治抒情诗。冼星海曾经在笔记本上抄录这首诗，作为优美的歌词，可见其重视。

这首诗由中国的"赤潮"追溯到苏俄的"赤潮"，进而联系到全世界的共产主义革命，情思纵横，壮志盈怀，具有很强的感染力。

1950 年 12 月 31 日，毛泽东为《瞿秋白文集》题词："在革命困难的年月里坚持了英雄的立场，宁愿向刽子手的屠刀走去，不愿屈服。他的这种为人民工作的精神，这种临难不屈的意志和他在文字中保存下来的思想，将永远活着，不会死去。"

4. 生别死离

周恩来

壮烈的死，

苟且的生。

贪生怕死，

何如重死轻生！

生别死离，

最是难堪事，

别了，牵肠挂肚，

死了，毫无轻重，

何如作个感人的永别！

没有耕耘，

哪来收获？

没播革命的种子，

却盼共产花开！

梦想赤色的旗儿飞扬，

却不用血来染他，

天下哪有这类便宜事？

坐着谈，

何如起来行！

贪生的人，

也悲伤别离，

也随着死生，

只是他们却识不透这感人的永别，

永远的感人。

不用希望人家了！

生死的路，

已放在各人前边，

飞向光明，

尽由着你！

举起那黑铁的锄儿，

开辟那未耕耘的土地，

种子撒在人间，

血儿滴在地上，

本是别离的，

以后更会永别！

生死参透了，

努力为生，

还要努力为死，

便永别了，又算什么？

【导读】

1922 年初，湖南第一纱厂工人罢工。1 月 17 日，劳工领袖黄爱、庞人铨被逮捕杀害。1 月 18 日，毛泽东组织长沙各界人士 2000 余人，在船山学社举行追悼大会，并撰挽联："奋斗为众生，千古伤心是工运；取义拼一死，九泉含笑亦冤魂。"正在德国留学的周恩来写下了这首《生别死离》。

黄爱(1897—1922)，本名黄正品，湖南常德人，就读天津直隶高等工业学校期间参加五四运动，受周恩来邀请成为觉悟社第一批社员，在天津学联执行部工作，担任周恩来主编的《天津学生联合会日报》编辑，参加了周恩来组织的两次天津进京请愿代表团，组织过营救周恩来、郭隆真等请愿代表的活动。

5. 我们是青年的布尔塞维克

殷　夫

我们是青年的布尔塞维克，

一切——都是钢铁：

我们的头脑，

我们的语言，

我们的纪律！

我们生在革命的烽火里，

我们生在斗争的律动里，

我们是时代的儿子，

我们是群众的兄弟，

我们的摇篮上，

招展着十月革命的红旗。

我们的身旁是世界革命的血波，

我们的前面是世界共产主义。

我们是劳苦青年的先锋军，

我们的口号是"斗争"！

嘹亮，——我们的号筒，

高扬，——旗儿血红，

什么是我们的进行曲？

"少年先锋"！

伟大是我们的队伍，

无穷是我们的兄弟，

共产主义青年团，

新时代的主人翁。

我们是资产阶级的死仇敌，

我们是旧社会中的小暴徒，

我们要斗争，要破坏，

翻转旧世界，犁尖破土，

夺回劳动者的山，河！

我们要敲碎资本家的头颅，

踢破地主爷的胖肚，

你们悲泣吧，战栗吧！

我们要唱歌，要跳舞。

在你们的头顶上，
我们建筑起新都，
在你们的废墟上，
我们来造条大路，
共产主义的胜利，
在太阳的照耀处。

我们不怕死，
我们不悲泣，
我们要破坏，
我们要建设，
我们的旗帜显明：
斧头镰刀和血迹。

战斗的警钟响彻了天空，
是时候了，全世界无产青年快团结！
齐集在共产青年团的旗下，
曙光在前——
准备刺刀枪炮，袭击！

【导读】

殷夫是"左联"在普罗诗歌创作领域的代表,参与编辑了左翼文学刊物《列宁青年》和《摩登青年》,《我们是青年的布尔塞维克》发表于《列宁青年》(第2卷第15期,1930年6月20日出版)。

1930年5月29日,为了迎接即将到来的"五卅"运动纪念日,"左联"在上海市南京西路的金门饭店召开了第二次全体盟员大会。这次到会的盟员有50多人,鲁迅和茅盾都参加了,大会通过了全体盟员一致参加纪念"五卅"示威运动的决定。鲁迅带了一本德译的美国新闻记者写的"中国游记"准备送给他,但没有碰到殷夫。这首诗就是为这次"五卅"运动纪念日特地创作的,激情洋溢,充满了未来必胜的信念。

【评论链接】

殷夫的诗歌创作集中体现了他的理想追求,而他的理想信念完全建立在为最广大的底层民众争取解放的目标上。"五四"新文学作家中,胡适、刘大白、沈尹默等人都写过反映底层民众痛苦的作品,但他们更多出于人道主义式的悲悯情怀。与他们不同,殷夫丝毫没有居高临下的姿态,而是自觉地将个体命运与底层民众的命运结合起来。上世纪90年代以来,随着"告别革命"论调的兴起,一些人对"革命"大加挞伐,全盘否定。但历史的事实是,殷夫所处的时代,但凡有理想有血性的青年一般都会走上反抗之路，为着建立更合理更公平的社会，不惜以生命作代价，这种情怀与献身精神也许是不应轻率否定的。当代作家理应具备关怀底层民众的人间情怀，"文学是人学"，离开了对最广大的底层民众的关怀，可能很难反映时代的广阔风貌与精神变迁。（李松岳《论殷夫诗歌的精神特质》，《文学评论》2012年第4期）

殷夫的诗典型地反映了20世纪30年代革命意识形态的巨大转型：从个人主义到集体主义，从个人意识到阶级意识，从家庭桎梏到广阔的社会，从个人的叛逆到阶级的觉醒，并且建构起了新的革命伦理："别了，哥哥，别了，/此后各走前途，/再见的机会是在，/当我们和你隶属的阶级交了战火"（《别了，哥哥》）。诗人的叛逆，形象地表现了无产阶级意识形态有力地粉碎了旧的宗法文化结构，昭示着一个在烈火中奔向永生的革命者的身影。（赵学勇《不该被忘却的"红色抒情诗人"》，《中国社会科学报》2021年4月26日第4版）

6. 长征

毛泽东

红军不怕远征难，

万水千山只等闲。

五岭逶迤腾细浪，

乌蒙磅礴走泥丸。

金沙水拍云崖暖，

大渡桥横铁索寒。

更喜岷山千里雪，

三军过后尽开颜。

1935 年 10 月

【导读】

　　1935 年 10 月初，毛泽东率领红一方面军翻过六盘山来到甘肃通渭，在城东一所小学校里召开副排长以上干部会，毛泽东在会上讲解了长征的意义之后，兴致颇高地朗诵了这首诗。而斯诺在《复始之旅》(1958 年版)一书中写道，1936 年 10 月他在陕西保安采访毛泽东时，"他为我亲笔抄下了他作的关于红军长征的一首诗。在他的译员的帮助下，我当场用英文意译了出来"。后来，斯诺把《七律·长征》收进了1937年出版的《红星照耀中国》(英文版)一书。该书的第一个中译本于1938年2月由上海复社翻译出版，并易名为《西行漫记》，其中《长征》一章即以此诗结尾。

毛泽东手书《长征》

7. 沁园春·雪

毛泽东

北国风光，千里冰封，万里雪飘。望长城内外，惟余莽莽；大河上下，顿失滔滔。山舞银蛇，原驰蜡象，欲与天公试比高。须晴日，看红装素裹，分外妖娆。

江山如此多娇，引无数英雄竞折腰。惜秦皇汉武，略输文采；唐宗宋祖，稍逊风骚。一代天骄，成吉思汗，只识弯弓射大雕。俱往矣，数风流人物，还看今朝。

1936 年 2 月

【导读】

1935 年 10 月，红军胜利到达陕北。1936 年 2 月，毛泽东率领中国人民红军抗日先锋军东渡黄河，奔赴抗日前线。当时整个西北高原冰雪覆盖，真是既雄伟又壮丽，而冰冻了的黄河别有一番独特景象。毛泽东来到陕西省清涧县高杰村附近的袁家沟，面对大好河山，回顾

中华传统文化经典诵读手册

第六册

悠久历史，写下了这首词。

1945年8月，毛泽东赴重庆和谈。9月6日，毛泽东专程前去拜访在长沙一师认识的孙俍工。孙俍工不仅是创造社作家，而且书法独树一帜。这次登门拜访，毛泽东把手书的《沁园春·雪》横轴赠送给孙俍工。后来抄赠给柳亚子，10月7日致柳亚子信提到此事："初到陕北看见大雪时，填过一首词，似与先生诗格略近，录呈审正。"

柳亚子的和词：

廿载重逢，一阕新词，意共云飘。叹青梅酒滞，余怀惘惘；黄河流浊，举世滔滔。邻笛山阳，伯仁由我，拔剑难平块垒高。伤心甚，哭无双国士，绝代妖娆。

才华信美多娇，看千古词人共折腰。算黄州太守，犹输气概；稼轩居士，只解牢骚。更笑胡儿，纳兰容若，艳想浓情着意雕。君与我，要上天下地，把握今朝。

柳亚子还曾写过一篇《跋》："毛润之《沁园春》一阕，余推为千古绝唱，虽东坡、幼安，犹瞠乎其后，更无论南唐小令、南宋慢词矣。"

毛泽东的《沁园春·雪》在吴祖光主编的《新民报》上发表，国民党中央宣传部直接召开会议，通知各地、各级党部，要求会吟诗作词者，每人都步毛泽东咏雪词原韵来上几首，挑精彩的发表。1984年台南神学院教授孟绝子在《狗头·狗头·狗头税》一书中，谈到《沁园春·雪》引起的"雪战"时，毫不留情面地说："可惜国民党党徒虽多，但多的只是会抓人、关人、杀人、捞钱的特务贪官；是只会写写党八股的腐儒酸丁级的奴才文官和奴才学者。结果，一直到逃离大陆时，国民党连一首'毛泽东级'的《沁园春》都没有写出来。"(参见汪建新《惊涛拍岸千堆雪——〈沁园春·雪〉发表的前前后后》，《学习时报》2017年2月24日第8版)

毛泽东手书《沁园春·雪》

　　1959年傅抱石与关山月联袂为人民大会堂创作巨幅国画，精心描绘《沁园春·雪》所表现的壮美河山，毛泽东亲自为该画题款"江山如此多娇"。

【评论链接】

　　1996 年 8 月 16 日,贺敬之为北京首届毛泽东诗词国际学术研讨会致开幕词:"毛泽东诗词之所以被中国人民视为精神上的珍宝,最根本的原因,是因为我们在这些诗词中,看到了近现代中国的活的姿影,看到了近现代中华民族在求解放、求富强的艰苦奋斗中锤炼出来的伟大的民族精神。""一个外国朋友曾经说过:一个诗人赢得了一个新中国。这句话为人们所乐于称引,这是因为这个诗人的诗魂,正是新中国的民族魂。"

8. 梅岭三章

陈 毅

一九三六年冬,梅山被围。余伤病伏丛莽间二十余日,虑不得脱,得诗三首留衣底。旋围解。

(一)

断头今日意如何?

创业艰难百战多。

此去泉台招旧部,

旌旗十万斩阎罗。

(二)

南国烽烟正十年,

此头须向国门悬。

后死诸君多努力,

捷报飞来当纸钱。

（三）

投身革命即为家，
血雨腥风应有涯。
取义成仁今日事，
人间遍种自由花。

【导读】

《梅岭三章》是 1936 年冬陈毅写成的带有绝笔性质的七言绝句组诗。1934 年 10 月，在第五次反"围剿"之后，中央红军主力被迫长征北上；陈毅因伤奉命留下，担负起领导江西革命根据地工农红军进行游击战争的重任。转战深山密林两年，和中央长期失去联系，大家非常着急。这时，被派在敌军内部做兵运工作的陈海叛变投敌，他写信上山谎称中央派人前来联络，要游击区负责人下山前往县城接头，企图诱捕。陈毅接到密信，亲自赶往大余城接头，幸接到群众报告陈海叛变，立即离开县城。归途中又遇陈海带兵搜山，只好躲进树丛，避开敌人搜捕。敌人听说山上有游击队重要负责人，调集四个营的兵力，包围梅山 20 多天。陈毅以伤病之身潜伏丛莽间，幸得脱险。

9. 八路军进行曲

公　木

向前　向前　向前

我们的队伍向太阳

脚踏着祖国的大地

背负着民族的希望

我们是一支不可战胜的力量

我们是善战的铁军

我们是民众的武装

从无畏惧

绝不屈服

永远抵抗

直到把日寇逐出国境，

自由的旗帜高高飘扬。

听！风在呼啸军号响；

听！抗战歌声多嘹亮！

同志们整齐步伐奔向解放的战场，

同志们整齐步伐奔向敌人的后方，

向前　向前！

我们的队伍向太阳，

向华北的原野，

向塞外的山岗。

1939 年秋　延安

【导读】

1937 年 8 月 25 日，中共中央军委发布了一项重要命令——《关于红军改编为国民革命军第八路军的命令》，足以对人民军队产生深远影响。随后，八路军迅即出师华北，奔赴抗日前线。

1938 年 8 月，公木到延安抗日军政大学学习，并加入中国共产党。1939 年秋，与朝鲜籍音乐指导郑律成一起，决定合作谱写一部由八首歌曲组成的《八路军大合唱》。那硝烟弥漫的战场，那冲锋陷阵的号角，那威武雄壮的队伍，使诗人的灵感之火化作撼人心魄的诗句。公木带着激情，一气呵成，写出了《八路军进行曲》《快乐的八路军》《八路军与新四军》《炮兵歌》《骑兵歌》《军民一家》等八首歌的歌词。《八路军进行曲》坚毅豪迈，热情奔放，音律和谐，朗朗上口，有着一往无前、无坚不摧、排山倒海的革命气概。同年冬，这首歌由延安鲁迅艺术学院油印出版，首演于延安中央大礼堂。1940 年该歌在《八路军军政杂志》发表后，在各抗日根据地广泛流

25

传、深受喜爱,成为激励广大军民团结抗战,英勇杀敌的精神力量。1941 年 8 月,该歌获延安五四青年奖金委员会评定的音乐类甲等奖。解放战争中,各部队根据当时的形势和任务,对歌词做了修改,更名为《人民解放军进行曲》。1949 年此曲被列为中华人民共和国开国大典曲目。

1987 年,在迎接建军六十周年时,由中共中央批准,经军委主席邓小平签署,该歌曲被定为《中国人民解放军军歌》。

10. 再见吧，延安

公 木

再见吧，延安，
再见吧，延安的同志们；

再见吧，
一切紧握的爱与热，
熟识的温慰的笑，
燃烧的火炬的心；

再见吧，
那被夕阳镀金的宝塔，
挂着新月的清凉古刹，
俱乐部的礼拜天，
桃林的夏之黄昏；

再见吧，

我曾沐浴过的

终日低唱着的延河，

我曾以汗水滋润过的

起伏的黄土的山坡；

——延河在山下跳荡奔流；

它欢送着出征的行列；

快走，快走，快走！

再见吧，

那山陵般的大礼堂，

无数次首长的报告，

无数次的晚会，

音乐表演和诗歌朗诵。

笑红的脸像一朵朵裂开的榴花，

浮在滚沸的歌声和掌声里。

再见吧，

那排列在半山腰的窑洞：

你是我最好的相知——

感激的泪，疚心的忏悔，

中华传统文化经典诵读手册

第六册

抑或是飞跃的欢喜……
每一种难言的心绪，对你
都不曾有过丝毫的隐饰
我对你朗诵了
诉说着衷曲的每一章新诗。

再见吧，
我手植的小白杨：
当我有时烦忧，
你的叶子发抖，像疟疾患者；
而又总是那么轻快地歌唱，
伴着我的快乐。
你活泼地生长吧，
在新市场的山坡上，
愿你的枝干
也像新市场一样繁荣。

再见吧，
喂养在保育院的小胖：
不到断奶的时候，

你就失去了母爱的慈光；

而你的眼睛是多么黑，

你的笑是多么响！

再摸一摸爸爸的胡髭吧，

再亲一亲吧，亲亲，别怕扎！

而你哇的一声哭起来了，

你哭什么？——

为了使你们一代

再不看到什么是战争，

爸爸挎上步枪出发……

好，别了，

一切都再见吧！

是的，还有我们的毛主席，

亲爱的毛泽东同志；

想起你光辉的名字，

就好像铭刻着一句坚定的誓词。

而我并不曾离开你——

你不只在延安，你是在战斗的全中国，

你是在每一个劳动人民的心坎里，

你是我们亚细亚的灯塔，

我永远在你的光照下。

"像雄鹰一样地高飞吧，

不要在飞着的时候停止了！"

我默诵着卡·拉姆金给普希金的赠言，

把依恋窒死在心里。

迎着风沙挺起了胸膛，

抬起头凝望着东方；

东方喷着愤怒的红云，

祖国正在燃烧呀！

是谁在呼唤：

走啊，走啊，走啊……

向敌人，向战斗！

到黄河去，到华北去，

到那古朴而辽阔的大地。

那里已踏遍强盗的足迹，

父兄的尸身乱躺在田垄里。

脚,快些,再快些!

迈着主人的阔步,

走回那广大的平原;

铺满阳光的大路,

已经展开在我的面前了。

1942 年 4 月

原注:卡·拉姆金(1766—1826),俄国著名小说家、历史学家。

【评论链接】

公木的心性和气质天生是一个诗人,激情不仅是一种诗情,更是一种人格。因为发自内心的激情是真诚坦荡人格的流露,在这种人格的支配下,公木一生爱也真,恨也真,诗之本也是人之本。今天公木的人与诗都已融入了历史之中,他贡献于时代的是一个战士的心声。时代,给他的诗染上了悲壮而又激越的基调,诗人所唱的是民族的时代之歌。(张福贵《公木诗歌世界的心路历程与人文精神》,《东北师大学报》2000 年第 5 期)

11. 国　旗

艾　青

美丽的旗

庄严的旗

革命的旗

团结的旗

四颗金星

朝向一颗大星

万众一心

朝向人民革命

我们爱五星红旗

像爱自己的心

没有了心

就没有了生命

我们守卫它

它是我们的尊严

我们跟随它

它引我们前进

革命的旗

团结的旗

旗到哪里

哪里就胜利

1949 年 9 月 27 日

【导读】

1949 年 9 月 27 日，中国人民政治协商会议第一届全体会议通过了五星红旗图案为中华人民共和国国旗的决议。艾青当选为政协候补委员，并任国旗、国徽图案评选组组长，实际上主持了国旗图案的征集、讨论、评选、定稿的系列工作。国旗图案一经大会通过，艾青就创作了这首富有历史意义的《国旗》，是第一首献给共和国国旗的赞美诗。

朴素流畅的诗句，准确而形象地揭示了五星红旗特有的象征意义，表达了自己珍爱五星红旗，捍卫五星红旗，跟随五星红旗前进的决心。

谢冕在《为了一个梦想——中国新诗 1949—1959》中指出："颂歌是 20 世纪 50 年代中国诗歌的灵魂。"1949 年提供了颂歌繁荣的土壤，因为那个年代的人们不仅为了一个共同的梦想而努力,并且见证了梦想的实现。五星红旗承载、凝聚了中国人的梦想,也激起了中国人更加丰富的梦想。

【评论链接】

在艾青的诗学中,诗不是简单的情绪抒发,也不是简单的哲理书写,而是把生活的经验通过诗人的构思,凝结成象征性的含义。所以艾青最好的诗,都是用意象说话的。艾青对诗的智性强调,使我们的新诗能够进入新的水平、新的阶段,而非仅仅停留在简单的抒情上。(吴思敬《艾青:永远和正直、勤劳的人在一起》,《光明日报》2020 年 8 月 19 日)

12. 我们最伟大的节日(节选)

何其芳

(一)

中华人民共和国

在隆隆的雷声里诞生。

是如此巨大的国家的诞生,

是经过了如此长期的苦痛

而又如此欢乐的诞生,

就不能不像暴风雨一样打击着敌人,

像雷一样发出震动着世界的声音……

(二)

多少年代,多少中国人民

在长长的黑暗的夜晚一样的苦难里

梦想着你,

在涂满了血的荆棘的道路上

寻找着你，

在监狱中或者在战场上

为你献出他们的生命的时候

呼喊着你，

多少年代，多少内外的敌人

用最恶毒的女巫的话语

诅咒着你，

用最顽强的岩石一样的力量

压制着你，

在你开始成形的时候

又用各种各样的阴谋诡计

来企图虐杀你。

你新的中国，人民的中国呵，

你终于在旧中国的母体内

生长，壮大，成熟，

你这个东方的巨人终于诞生了。

1949 年 10 月初　北京

【导读】

在中华人民共和国成立的那段日子，何其芳作为一个在解放区坚定了政治信仰的诗人，不仅忙于各种文化界事务,而且酝酿着诗情,对于"东方巨人"的觉醒和崛起,他是见证者也是创造者之一,这首诗便是当时心情的记录和呈现。站在历史的新起点上,回顾艰难而悲壮的革命史,抒发现实激情,显出了"凡属过往,皆为序章"的乐观与豪迈。

【评论链接】

《我们最伟大的节日》情感充沛,视野开阔,想象丰富,诗情浓烈,情绪昂扬,是歌唱共和国诗歌的佼佼者。诗人以燃烧的激情描绘广场群众热烈欢庆的壮观场景,用热烈夸张的语言形式渲染欢庆气氛、高亢豪放的抒情基调增强了作品的感染力,随处可见的感叹号似战鼓猛敲振奋心灵:"欢呼呵!歌唱呵!跳舞呵!/到街上来,/到广场上来,/到新中国的阳光下来,/庆祝我们这个最伟大的节日!"这是庆祝开国大典激发的热烈情绪,也是立在新中国门槛上发自内心的浪漫诗情。(石兴泽《何其芳诗歌的当代浪漫主义》,《东方论坛》2020年第5期)

正如胡风在长诗《欢乐颂》开篇就写到"时间开始了——",新中国的诞生开启了中华民族的新纪元。为了欢庆这个具有划时代意义的日子,众多诗人都毫无保留地献出了发自内心的诗篇:郭沫若的《新华颂》、何其芳的《我们最伟大的节日》、胡风的"英雄史诗五部曲"(即后来总题为"时间开始了"五个乐篇的长诗)、袁水拍

中华传统文化经典诵读手册 第六册

的《新的历史今天从头写》……透过这些饱含激情、多追求鸿篇巨制、理念往往大于形象的诗作,新的时代提供新的题材进而确立了主题的基本内容,已成为 20 世纪 50 年代诗歌初始阶段国家主题的总体构成方式。(张立群《论 20 世纪 50 年代新诗的国家主题》,《文艺评论》2014 年第 9 期)

13. 我的"自白书"

陈　然

任脚下响着沉重的铁镣，

任你把皮鞭举得高高，

我不需要什么自白，

哪怕胸口对着带血的刺刀！

人，不能低下高贵的头，

只有怕死鬼才乞求"自由"；

毒刑拷打算得了什么？

死亡也无法叫我开口！

对着死亡我放声大笑，

魔鬼的宫殿在笑声中动摇；

这就是我——一个共产党员的自白，

高唱凯歌埋葬蒋家王朝。

【导读】

陈然于1939年3月加入中国共产党。1947年初，在中共南方局文委的领导和支持下，他在重庆参与筹办《彷徨》杂志，引导青年走与工农相结合的革命道路。1947年7月，重庆地下党决定编印《挺进报》，他先任《挺进报》特支组委员，后任书记，负责报纸油印工作。

1948年4月22日，因叛徒出卖，陈然被国民党特务逮捕，囚于白公馆监狱。忍受酷刑，两腿重伤，坚贞不屈。中华人民共和国成立的消息传到监狱时，他和难友们抑制不住激动的心情，亲手缝制了一面五星红旗。1949年10月28日，陈然被国民党特务杀害，年仅26岁。

面对严刑拷打和死亡威胁，陈然留下了《我的"自白书"》，表明自己坚定的革命志向，用生命履行了对党的庄严誓言："只要还有一口气，就要为革命斗争到底！"

14. 时间开始了(节选)

胡　风

第一乐章:欢乐颂

时间开始了——

毛泽东
他站到了主席台正中间
他站在飘着四面红旗的地球面的
　　　中国地形正前面
他屹立着像一尊塑像……

掌声和呼声静下来了

这会场
静下来了
好像是风浪停息了的海
　　　只有微波在动荡而过

只有微风在吹拂而过

一刹那通到永远——

时间

奔腾在肃穆的呼吸里面

跨过了这肃穆的一刹那

时间！时间！

你一跃地站了起来！

毛泽东,他向世界发出了声音

毛泽东,他向时间发出了命令:

"进军!"

掌声爆发了起来

乐声奔涌了出来

灯光放射了开来

礼炮像大交响乐的鼓声

"咚！咚！咚!"地轰响了进来

一瞬间

这会场

化成了一片沸腾的海

一片声浪的海

一片光带的海

一片声浪和光带交错着的

　　欢跃的生命的海

海

沸腾着

它涌着一个最高峰

毛泽东

他屹然地站在那最高峰上

好像他微微俯着身躯

好像他右手握紧着拳头放在前面

好像他双脚踩着一个

　　巨大的无形的舵盘

好像他在凝视着流到了这里的

　　各种各样的大小河流

……

【导读】

　　胡风在 1949 年 11 月 17 日的日记中这样写道："两个月来,心里面的一股音乐,发出了最强音,达到了甜美的高峰。"胡风心里面的这"一股音乐",化成被称为"开国的绝唱"的长篇政治抒情诗《时间开始了》,包括《欢乐颂》《光荣赞》《青春曲》《安魂曲》(后改名为《英雄谱》)和《又一个欢乐颂》(后改名为《胜利颂》)五个乐章交响乐式的结构,共 4600 余行,为当代"颂歌"创作开了先河。

1949 年 11 月 20 日,《人民日报》副刊"人民文艺"用半个版面刊登的胡风组诗《时间开始了》第一乐章《欢乐颂》,全诗 400 余行。发表后反响很大,不久被翻译成俄文。12 月 30 日出版了单行本,"惊住了一切人"。

《欢乐颂》写的是政治协商会议开幕时的欢乐场景,表达了欢呼祖国解放、歌颂毛泽东的真挚而热烈的情感,展现了革命艰苦卓绝的历程。《光荣赞》歌颂了中国劳动人民质朴、纯真、谦逊、献身的美德。《青春曲》抒发了对党、对年轻的共和国、对新生活的挚爱和感恩之情。《英雄谱》深情怀念杨超、扶国权、宛希俨、丘东平等几位烈士,以及引导自己走上革命文艺道路的小林多喜二、鲁迅等师长,歌颂了英雄们为人民、为祖国、为共产主义事业献身的精神。《胜利颂》是诗人参加新中国开国大典时的情感抒写。

【评论链接】

《时间开始了》是胡风感应时代脉搏的诗作,他搁置了 40 年代持续的对民主自由的抒情,将诗歌转向了对时代政治的歌颂。应主流意识形态对诗歌和文学创作的要求,胡风在诗中歌颂人民领袖,赞美劳动英雄,抒写无产阶级"大我"的形象,在新的时代面前做出了新的抒情选择。但是胡风改变的只是抒情的题材和内容,在艺术表达上仍然坚持了主观战斗精神对抒情客体的突入。(张志成《中国现当代政治抒情诗流变论》,《江西社会科学》2006年第5期)

15. 黑牢诗篇（节选）

蔡梦慰

第一章　禁锢的世界

手掌般大的一块地坝，

箩筛般大的一块天；

二百多个不屈服的人，

锢禁在这高墙的小圈里面，

一把将军锁把世界分隔为两边。

空气呵，

日光呵，

水呵……

成为有限度的给予。

人，被当作牲畜，

长年地关在阴湿的小屋里。

长着脚呀，

眼前却没有路。

在风门边，

送走了迷惘的黄昏，

又守候着金色的黎明。

墙外的山顶黄了，又绿了，

多少岁月呵！

在盼望中一刻一刻地挨过。

墙，这么样高！

枪和刺刀构成密密的网。

可以把天上的飞鸟捉光么？

即使剪了翅膀，

鹰，曾在哪一瞬忘记过飞翔？

连一只麻雀的影子

从牛肋巴窗前掠过，

都禁不住要激起一阵心的跳跃。

生活被嵌在框子里，

今天便是无数个昨天的翻版。

灾难的预感呀，

像一朵乌云时刻地罩在头顶。

夜深了，

人已打着鼾声，

神经的末梢却在尖着耳朵放哨；

被呓语惊醒的眼前，

还留着一连串噩梦的幻影。

从什么年代起，

监牢呵，便成了反抗者的栈房！

在风雨的黑夜里，

旅客被逼宿在这一家黑店。

当昏黄的灯光

从帘子门缝中投射进来，

映成光和影相间的图案；

英雄的故事呵，

人与兽争的故事呵……

便在脸的圆圈里传叙。

每一个人，

每一段事迹，

都如神话里的一般美丽，

都是大时代乐章中的一个音节。

——自由呵，

——苦难呵……

是谁在用生命的指尖

弹奏着这两组颤音的琴弦？

鸡鸣早看天呀！

一曲终了，该是天晓的时光。

第二章　战斗胜利了

牢门，曾经为你打开，

只消一提脚

便可跨过这条铁的门槛。

管钥匙的人说：

——你想干点什么呢？

搞事业吗，还是玩政治？

我给你高官，

我给你公司、银行、书店、报馆……

——否则呀，哼！

一声冷笑掩蔽了话里的刀；

像修行者抵御了魔鬼的试验，

你呀，拒绝了利与禄的诱惑，

只把脖子一扬，

便将这杯苦汁一气饮下！

连眉头也不皱一皱呀，

从金子堆边走过而不停一停脚，

在红顶花翎的面前而不瞟它一眼。

爱人的眼睛，

母亲的笑脸……

多少年青的心灵呵，

都被感情的手撕裂得粉碎；

你呀，光荣的胜利者，

在一点头、一摇首之间，

曾经历了怎样剧烈的战斗！

凭仗着什么？

在一瞬间的若干次斗争中，

你终于战胜了双重的敌人。

像战场上的勇士：

一手持着信仰的盾牌，

一手挥砍着意志的宝剑。

从此，牢门上了死锁，

铜钥匙的光亮，

不曾在你眼前晃过。

——为了免除下一代的苦难，

我们要，要把这牢底坐穿！

二百多颗心跳着一个旋律，

二百多个人只希望着那么一天——

等待着自己的弟兄，

用枪托来把牢门砸开！

……

【导读】

　　蔡梦慰，四川遂宁人。新闻记者，诗人。1948 年 4 月被捕，囚于重庆"中美特种技术合作所"渣滓洞集中营。在狱中，他以竹签为笔，蘸着棉花烧成灰烬调制而成的墨汁，坚持写作。1949 年 11 月 27 日深夜，蔡梦慰由渣滓洞被押赴松林坡刑场，途中将未完成的长诗原稿抛于路边乱草丛中，使珍贵的《黑牢诗篇》得以流传至今。

　　《黑牢诗篇》共五章，反映了革命者在魔窟里的斗争生活，抒发了诗人对敌人的仇恨和对光明的向往，讴歌了革命难友们英勇斗争、勤奋学习、追求光明的大无畏革命气概和高度的革命乐观主义精神，表现了革命者虽身陷囹圄，但仍坚信革命事业必定成功的信念。

中华传统文化经典诵读手册

第六册

16. 哈兰村的使者

闻 捷

哈兰村小学教室里，
站着三个维吾尔青年，
他们举起粗壮的胳膊，
宣誓在火红的旗帜前。

县委书记从城里赶来，
祝贺这里有了共产党员，
他说："哈兰村的使者！
实现了全村人的心愿。"

"哈兰村的使者！"
这句话含有什么秘密？
三个青年腼腆地笑了，
接着是深长的回忆……

三年前大雪初晴的一天，
县委会到了三个青年，
自称哈兰村的使者，
请求见县委书记一面。

从哈兰村到县委会，
隔着一块戈壁一座山，
他们走了一天一夜，
羊皮袄上结满雪夜的严寒。

他们有什么紧要的事？
走路为什么连夜赶？
他们接受全村人的嘱托，
去要一个支部、三个党员。

人们当时还不明白什么是支部，
也不清楚怎样的人才是党员，
人们只有一个简单的信念——
得到这些，地要动！天要翻！

县委书记亲切地笑了：

"这难题我只能回答一半。

要完全的答复吗？

还看你们那一半答案。"

县委书记和三个青年，

围着火炉肩并着肩，

知心的话像一根不断的线，

把太阳从东山扯到西山。

县委书记抓起一把麦种：

"要它长出苗儿吗？

要它抽出穗子吗？

先要深深地播进麦田。"

县委书记拿出一盒火柴：

"要它发出光亮吗？

要它传出热力吗？

应该燃起熊熊的火焰。"

三颗年轻的心忽然亮了，
好像那映着太阳的清泉；
他们又连夜赶回哈兰村，
县委书记的话四处传遍。

三个青年像三支火把，
点燃了全村人复仇的怒火；
三个青年像三架耧斗，
翻身的种子播进人们心田。

于是，地主心虚了，胳膊软了，
坐在穷人头上的人摔下来了！
于是，穷人的胆壮了，抬头笑了，
地主脚下的人站起来当家了！

经过一年、两年、三年，
经过土地改革、互助生产……
哈兰村人们的心里，
孕育出三个共产党员。

哈兰村小学教室里，

站着三个维吾尔青年，

他们举起粗壮的胳膊，

宣誓在毛主席像前。

县委书记愉快的声音，

唤醒了正在沉思的三个青年；

他说："哈兰村的使者！

今天得到了全盘答案。"

1953 年写于乌鲁木齐，1955 年改于北京

【导读】

这首诗叙写了一个维吾尔村庄的党组织从无到有的建设过程。闻捷长期在新疆工作，发现了生活中的丰富诗意，如同"吐鲁番情歌"一样热情，令人陶醉。正如他在《天山牧歌》序诗中所说："记载下各民族生活的变迁，/岂不就是讴歌人民的诗篇？/热血在我的胸中鼓动，/激发我写出了所闻所见。"这首《哈兰村的使者》以一个村庄为视点，折射出共产主义信仰逐渐在边疆扎根的客观历史。

【评论链接】

时隔多年，重读闻捷的诗歌，我们仍能被一种青春

的蓬勃所打动。中国新诗发展到今天,或许很难再从诗艺的角度探讨那些建国初期一体化表达语境下的诗歌了,但正如闻捷当时的创作就呈现出迥异于李季、阮章竞、李瑛等诗人的风格一样,至今我们也能感受到这种给他带来极大辨识度的气息,而这种气息的核心是一种青年精神。一如"生活,生活在召唤啊!/我漫游沸腾的绿洲和草原"(《天山牧歌》序诗),抑或"苏丽亚伫立的地方,/山丹花开得更红更旺……"(《送别》),无论是欢乐还是忧伤,都充满着丰满的、具有青春活力的热情和想象。这不仅仅是慷慨激昂的抒情,而更多的是他站在更贴近青年自然属性的角度上确证了另一种精神的存在。(褚云侠《另一种青年精神——重读闻捷的诗歌》,《鸭绿江》2020 年第 25 期)

17. 致青年公民（节选）

郭小川

"喂，

年轻人！"

——不，我不能这样称呼你们，

这不合乎我的

也不大合乎你们的身份。

嬉游的童年过去了，

于是你们

一跃

而成为我们祖国的

精壮的公民。

也许

你们心上的世界

如蓝天那样

明澈而单纯，

就连梦

都像百花盛开的旷野

那般清新……

然而迎接你们的

却不尽是

小鸟的

悦耳的歌声，

在前进的道路上

还常有

凄厉的风雨

和雷的轰鸣……

……

公民们！

这就是

我们伟大的祖国。

它的每一秒钟

都过得

极不平静，

它的土地上的

每一块沙石

都在跃动，

它每时每刻

都在召唤你们

投入

火热的斗争，

斗争

这就是

生命，

这就是

最富有的

人生。

不要说：

"我年纪轻轻

担不起沉重。"

不，

命运

把你们的未来

早已安排定，

你们的任务

将几倍地

超过你们的年龄。

前一代——

你们的父辈

真正称得起

开天辟地的

先锋，

他们用

热汗和鲜血

做出了

前人所梦想不到的事情，

而伟大到无边的

事业

却还远没有完成，

你们当然会

加倍地英勇

以竟全功。

……

混浊的黄河

将因你们的双手

变得澄清，

北京的春天

将因你们的号令

停止了

黄沙的飞腾，

大西北的黄土高原

将因你们的劳动

变得

和江南一样

遍地春风。

光焰万丈的

共产主义大厦

将在你们的年代

落成。

公民们，

至于你们中间的

每一个，

那用不着

我来说什么。

记住吧，

祖国需求于你们的

比任何时候

都要多,

而它的给予

也从不吝啬,

你们贡献给它的越多

你们的生活

也越光辉

越广阔……

【导读】

这是郭小川 1955—1956 年以《致青年公民》为总题创作的组诗(共七首)中的第一首,最初发表在 1955 年 10 月《人民文学》上。1955 年 9 月 20—28 日,全国青年社会主义建设积极分子大会在北京召开,大会发表了《致全国男女青年书》,郭小川怀着强烈的革命责任感和火一般的战斗激情,以一种发自内心的情感,献上了这首韵律铿锵、气势磅礴的诗,号召和鼓励青年积极呼应时代的召唤,投入火热的斗争,勇敢地挑起建设国家的重担,完成先辈未竟的事业,为改造祖国的山河做出自己应有的贡献。原诗较长,选入时有所删减。

【评论链接】

字里行间贯穿着一条为实现政治理想而奋斗的基

线:必须同社会主义大建设中形形色色阻挡前进的势力作斗争。这些诗是刚获得解放的一代中国人强烈的社会使命感和豪迈的民族气概集中的体现。郭小川后来说它们只是"一行行政治性的句子""简直就像抗战时期在乡村的土墙上书写动员标语一样",自己并不满意,但当年它们对年轻一代人政治理想的鼓动作用是大的,发生的社会影响也是深远的。(骆寒超《郭小川诗歌论略》,《重庆教育学院学报》2006年第2期)

18. 回延安

贺敬之

（一）

心口呀莫要这么厉害地跳，
灰尘呀莫把我眼睛挡住了……

手抓黄土我不放，
紧紧儿贴在心窝上。

……几回回梦里回延安，
双手搂定宝塔山。

千声万声呼唤你
——母亲延安就在这里！

杜甫川唱来柳林铺笑，
红旗飘飘把手招。

白羊肚手巾红腰带，
亲人们迎过延河来。

满心话登时说不出来，
一头扑在亲人怀……

（二）

……二十里铺送过柳林铺迎，
分别十年又回家中。

树梢树枝树根根，
亲山亲水有亲人。

羊羔羔吃奶眼望着妈，
小米饭养活我长大。

东山的糜子西山的谷，
肩膀上的红旗手中的书。

手把手儿教会了我，

母亲打发我们过黄河。

革命的道路千万里，
天南海北想着你……

（三）

米酒油馍木炭火，
团团围定炕上坐。

满窑里围得不透风，
脑畔上还响着脚步声。

老爷爷进门气喘得紧：
"我梦见鸡毛信来——可真见亲人……"

亲人见了亲人面
欢喜的眼泪眼眶里转。

"保卫延安你们费了心，
白头发添了几根根。"

团支书又领进社主任，
当年的放羊娃如今长成人。

白生生的窗纸红窗花，
娃娃们争抢来把手拉。

一口口的米酒千万句话，
长江大河起浪花。

十年来革命大发展，
说不尽这三千六百天……

（四）

千万条腿来千万只眼，
也不够我走来也不够我看！

头顶着蓝天大明镜，
延安城照在我心中：

一条条街道宽又平，

一座座楼房披彩虹；

一盏盏电灯亮又明，
一排排绿树迎春风……

对照过去我认不出了你，
母亲延安换新衣。

（五）

杨家岭的红旗啊高高地飘，
革命万里起高潮！

宝塔山下留脚印，
毛主席登上了天安门！

枣园的灯光照人心，
延河滚滚喊"前进"！

赤卫军，青年团，红领巾，
走着咱英雄儿辈辈人……

社会主义路上大踏步走，

光荣的延河还要在前头！

身长翅膀吧脚生云，

再回延安看母亲！

1956 年 3 月 9 日，延安

【导读】

这是一首以陕北民歌"信天游"形式写成的新诗。诗人以饱满的激情，回忆延安的战斗生活，赞颂延安的巨变，展望延安的未来，表现了作者思念"母亲"延安的一片赤子之心，抒发心中对母亲延安的眷恋之情。

【评论链接】

《回延安》在表层革命话语的深处隐匿着关于"思乡—归乡"的潜在古典话语。"游子思归"是中国古典诗词中的一个传统母题，这方面的古典诗词名句比比皆是，如王维的"独在异乡为异客"……细心的读者会发现，《回延安》中的许多场景描叙和心理刻画与上引诗句之间有着千丝万缕、似断实连的联系。……这些诗句中饱含着"思乡"的渴求和"归乡"的激动，其实与王维、杜甫、贺知章等古代诗人的乡情乡思并没有本质的区别，古今一也。不仅如此，我们在《回延安》中还可以发现一种更加深层的关于"恋母—感恩"的古典话语。贺敬之在诗中多次将革命圣地延安——故乡比喻为母亲，如"千声万声呼唤你，/——母亲延安就在这里！"……这些诗句很容易让人联想起唐人孟郊的诗句"慈母手中线，游子身上衣。临行密密缝，意恐迟迟归。谁言寸草心，报得三春晖？"（《游子吟》）显然，古典的"恋母—感恩"话语作为一种"话语原型"在《回延安》这首新诗中强化了表层的革命政治话语，因此，两种不同形态的话语之间形成了同一性的融合。（李遇春《一种新型的文学话语空间的开创》，《长江学术》2006年第1期）

　　凡诗的表现手法总是直接中有间接，间接中又有直接。这首诗总体上直接，局部中不少间接的抒情，时有意象、象征的含蓄，如"延安母亲"就是总体意象，"宝塔山""枣园红灯"是革命的意象；"白羊肚手巾红腰带"是延安人民生活的象征意象；"肩上的红旗手中的书"是革命教育的象征意象；"树梢、树枝、树根根，青山青水有亲人"，"羊羔羔吃奶眼望着妈，小米饭养活我长大"，这些都是表现与延安人民亲密关系的意象。（秦中吟《一曲真情质朴豪迈的赞歌——重读贺敬之的〈回延安〉》，《朔方》2003年第10期）

19. 放声歌唱(节选)

贺敬之

(五)

呵！我亲爱的

祖国！

呵！我亲爱的

党！

我就是这样

献给你

我的歌声，

我就是这样

加入

我们时代的

合唱。

杨家岭礼堂的声音

永远在

耳边回响，
我的心
紧贴着
天安门的红墙……
呵,给你——
我们心中的
熊熊烈火;
呵,给你——
我们血管里
燃烧的岩浆;
给你——
我们生命的
滚滚黄河;
给你——
我们青春的
浩浩长江……

但是,
在语言的波涛中,
最好的一滴

献给你呵——

"明天!"

——呵,我们的祖国,

"明天!"

——呵,我们的党!

我们

高举

你光荣的

旗帜,

前进,

在社会主义——共产主义的

大路上!

让我们

踏破

未来年代的

每一道

门槛吧!

让我们

推醒

一九五七年——

沉睡的

朝阳!

——呵,今天

多么美丽!

多么好!

但是,

这

还不够!

明天呵,

必须

那样!

呵,我们——

共和国的建设者!

让我们

更快地

为我们的大地

更换新装!

呵,我们——

共和国的保卫者，

让我们的臂膀

更加有力，

让我们警惕的眼睛

更加明亮，

守卫着呵——

我们的

边疆

和道路，

天空

和海洋！

让我们社会主义的

大鹏鸟，

风云万里

振翅飞翔！

呵！更快地

更快地

成长起来——

……

【导读】

这里节选的是《放声歌唱》的第五部分,也是全诗情绪最为饱满的乐章。

贺敬之的政治抒情诗总是关注重大政治事件,努力投射政治象征内涵,他善于勾勒若干历史性画面——这些画面往往呈现出鲜明的革命史发展轨迹,进而"因画"抒情。历史提供了现实合理性的逻辑前提,缅怀历史成为巩固信仰的情感路径,讴歌现实同时成为回顾历史的审美归宿。

【评论链接】

贺敬之长篇政治抒情诗中所抒发的"集体情感"主要属于"时代精神"的范畴,而且已经上升为"政治意识"或"国家意志",因此,诗人的这种"诗情"在很大程度上消褪了个人色彩,并转化成属于公共的"诗理"了。与这种由"情"入"理"相联系的,是贺敬之长篇政治抒情诗中"史质"的强化。在《放声歌唱》《十年颂歌》《雷锋之歌》《中国的十月》等长诗中都贯穿了一条中国革命发展史的宏大线索,展现了历史与现实之间的对比,强调了个人汇入历史洪流的必然性。因此,贺敬之的这些政治抒情长诗比他的政治抒情短章更加具备"史诗"的宏伟气魄。(黄曼君、李遇春《贺敬之诗学品格论》,《文艺研究》2005 年第 6 期)

20. 李大钊（节选）

臧克家

在冷静静的寺院里

熬过了六年时光，

在这清明前后的日子里，

党呵，要把她伟大的儿子安葬。

白色恐怖正浓重，

这个葬仪不平常，

他为革命捐出了生命，

死后也要参加斗争！

在早晨阳光的照耀下，

他离开了古老的"浙寺"，

在高昂的国际歌声中，

他被高高地抬起，

哀乐伴着哭声

雄壮又悲痛！

"李大钊烈士精神不死"的口号，

和乒乓的鞭炮一齐响起！

这是一场奇异的葬仪。

前面走着招魂的和尚、道士，

吹鼓手、雅乐队排成队伍，

五彩的古装，雪白的制服。

红红绿绿的纸人，

点缀着缤纷的伞旗……

这是一场奇异的葬仪，

红缎子绣着白花的棺罩，

把紫红的棺材罩起，

棺材里躺着一个

被杀害的共产党员，

身上盖着一面党旗。

他的思想红缎子似的发光，

白色花朵象征他人格的芬芳，

身子上的党旗是他无上的光荣，

在九泉之下，他也永远靠近着党。

1958 年 12 月 10 日写起，

1959 年 1 月 25 日完成

【导读】

为了写出李大钊短暂而光辉的一生，臧克家到河北乐亭大黑坨访问了七八个和李大钊有工作关系的人，搜集资料，最后撰写了这部长诗，最初由作家出版社于 1959 年出版单行本。这里节选的是长诗的最后部分。臧克家曾经自述创作动因："凭着对人民英烈的崇敬和他感人行动激起的热情，我企图用诗句为他塑像。"

【评论链接】

我选择了这十几个场面，想凭它们表现出大钊同志的几个重要阶段的思想情况，战斗姿态，从中看出他的伟大人格来。这里边就有了概括。除了战斗场面外，我也写了他的家庭生活，乡下生活，山中生活。我想从整个生活图景中，映衬出一个伟大而又平凡，严肃而又活泼，政治原则性很强但很容易使人亲近的形象来。(《后记》，《臧克家文集》第 3 卷，山东文艺出版社，1985 年，604 页)

21. 甘蔗林——青纱帐

郭小川

南方的甘蔗林哪，南方的甘蔗林！

你为什么这样香甜，又为什么那样严峻？

北方的青纱帐啊，北方的青纱帐！

你为什么那样遥远，又为什么这样亲近？

我们的青纱帐哟，跟甘蔗林一样地布满浓荫，

那随风摆动的长叶啊，也一样地鸣奏嘹亮的琴音。

我们的青纱帐哟，跟甘蔗林一样地脉脉情深，

那载着阳光的露珠啊，也一样地照亮大地的清晨。

肃杀的秋天毕竟过去了，繁华的夏日已经

来临，

这香甜的甘蔗林哟，哪还有青纱帐里的艰辛！

时光像泉水一般涌啊，生活像海浪一般推进，

那遥远的青纱帐哟，哪曾有甘蔗林里的芳芬！

我年青时代的战友啊，青纱帐里的亲人！

让我们到甘蔗林集合吧，重新会会昔日的风云；

我战争中的伙伴啊，一起在北方长大的弟兄们！

让我们到青纱帐去吧，喝令时间退回我们的青春。

可记得？我们曾经有过一个伟大的发现：

住在青纱帐里，高粱秸比甘蔗还要香甜；

可记得？我们曾经有过一个大胆的判断：

无论上海或北京，都不如这高粱地更叫人留恋。

可记得？我们曾经有过一种有趣的梦幻：

革命胜利以后，我们一道捋着白须、游遍江南；

可记得？我们曾经有过一点渺小的心愿：

到了社会主义时代，狠狠心每天抽它三支香烟。

可记得？我们曾经有过一个坚定的信念：

即使死了化为粪土，也能叫高粱长得秆粗粒圆；

可记得？我们曾经有过一次细致的计算：

只要青纱帐不倒，共产主义肯定要在下一代实现。

可记得？在分别时，我们定过这样的方案：

将来，哪里有严重的困难，我们就在哪里见面；

可记得？在胜利时，我们发过这样的誓言：

往后，生活不管甜苦，永远也不忘记昨天和明天。

我年青时代的战友啊，青纱帐里的亲人！

你们有的当了厂长、学者，有的做了编辑、将军，

能来甘蔗林里聚会吗？——不能又有什么要紧！

我知道，你们有能力驾驭任何险恶的风云。

我战争中的伙伴啊，一起在北方长大的弟兄们！

你们有的当了工人、教授，有的做了书记、农民，

能再回到青纱帐去吗？——生活已经全新，

我知道，你们有勇气唤回自己的战斗的青春。

南方的甘蔗林哪，南方的甘蔗林！

你为什么这样香甜，又为什么那样严峻？

北方的青纱帐啊，北方的青纱帐！

你为什么那样遥远，又为什么这样亲近？

【导读】

本诗作于 1962 年的 3 月至 6 月间,我国的社会主义建设遭遇了严重的困难,国际环境日益复杂,年轻的共和国再次面临严峻的考验。当时有很多作家用不同的文学体裁来抒发自己对时代的感受,表达自己的态度。郭小川从革命战士应有的人生哲学和精神状态的角度回应时代的要求,表现出了乐观向上的革命英雄主义的豪情。

这首诗与《厦门风姿》等诗作探索了一种被称为"新辞赋体"的形式。这是一种郭小川式的新诗体,采取了楚辞、汉赋的铺张、排比、复沓、对偶等手法。以长句为基本句式,信息量大,适于书写政治性较强或所谓浩浩荡荡的内容;为了长句化短,不因为句子长而失去诗的节奏感,往往用标点符号隔开,有时还加上感叹词。这首诗重建行与行、节与节之间的大致对称,每节四行,长短相近,句式和谐。在抒情方式上,铺张渲染,反复咏叹,取得了雄浑、热烈、色彩浓郁的艺术效果。

【评论链接】

郭小川是战士,但他实在又是一位并不愿轻易为别人所驯从的工具的战士,而是一位向往人格独立,力图以个性化的方式介入历史,渴望自己掌握自己命运的战士,也只有这样的战士,才有可能同时成为诗人。(杨守森《论郭小川建国后的心路历程》,《郑州大学学报》2003 年第 3 期)

22. 半棵树

牛　汉

真的,我看见过半棵树
在一个荒凉的山丘上

像一个人
为了避开迎面的风暴
侧着身子挺立着

它是被二月的一次雷电
从树尖到树根
齐楂楂劈掉了半边

春天来到的时候
半棵树仍然直直地挺立着
长满了青青的枝叶

半棵树

还是一整棵树那样高

还是一整棵树那样伟岸

人们说

雷电还要来劈它

因为它还是那么直那么高

雷电从远远的天边盯住了它

1972 年，咸宁

【导读】

　　据诗人说本诗是看到冯雪峰消瘦的形象，触发而写。这遭受雷击之痛却傲然挺立的半棵树，既是共产党人冯雪峰命运的写照，也可以看作诗人的自画像，象征了一种宁折不弯的人生姿态。

【评论链接】

　　牛汉有一种大气魄，他的刚正不阿与勇于抗争，为中国知识分子树立了一种精神榜样。牛汉受难的时代，也正是中国知识分子精神最屈辱、处境最卑微的时代。（吴思敬《牛汉：中国诗歌的良心》，《北京日报》2013 年10 月 10 日第 18 版）

中华传统文化经典诵读手册　第六册

23. 悼念一棵枫树

牛　汉

我想写几篇小诗,把你最后的绿叶保留下几片来。——摘自日记

湖边山丘上

那棵最高大的枫树

被伐倒了……

在秋天的一个早晨

几个村庄

和这一片山野

都听到了,感觉到了

枫树倒下的声响

家家的门窗和屋瓦

每棵树,每根草

每一朵野花

树上的鸟，花上的蜂

湖边停泊的小船

都颤颤地哆嗦起来……

是由于悲哀吗？

这一天

整个村庄

和这一片山野上

飘忽着浓郁的清香

清香

落在人的心灵上

比秋雨还要阴冷

想不到

一棵枫树

表皮灰暗而粗犷

发着苦涩气息

但它的生命内部
却贮蓄了这么多的芬芳

芬芳
使人悲伤

枫树直挺挺地
躺在草丛和荆棘上
那么庞大，那么青翠
看上去比它站立的时候
还要雄伟和美丽

伐倒三天之后
枝叶还在微风中
簌簌地摇动
叶片上还挂着明亮的露水
仿佛亿万只含泪的眼睛
向大自然告别

哦，湖边的白鹤

哦,远方来的老鹰

还朝着枫树这里飞翔呢

枫树

被解成宽阔的木板

一圈圈年轮

涌出了一圈圈的

凝固的泪珠

泪珠

也发着芬芳

不是泪珠吧

它是枫树的生命

还没有死亡的血球

村边的山丘

缩小了许多

仿佛低下了头颅

伐倒了

  一棵枫树

伐倒了

  一个与大地相连的生命

1973 年秋

【导读】

    这是诗人在湖北咸宁"五七"干校因感念被伐倒的一棵枫树而创作的,后发表于《长安》1981 年第 1 期。1948 年,他发表长诗《彩色的生活》,以气势磅礴的节奏,表达了浴血奋战的壮烈情怀:"祖国啊! /一个人有一个灵魂, /一个人活着,就要呼喊你,和你一同呼吸,一同 /受难,一同战斗, /祖国啊! 祖国啊! /我在惨烈的肉搏里, /护卫你, /即使是匍匐地前进!"

    从写一棵枫树被伐倒开始,枫树的形象贯穿始终,全诗没有一行是离开这棵枫树的。问题的实质还不在这里,而在于诗人牛汉从写枫树被伐倒的声响,写枫树倒下那一天的芬芳,直到写枫树被解成了木板,最终完成了一个苦难者形象,一个被不测的命运所斫杀的苦难者形象。形象鲜明整整,借物咏志,构思严密,感情质朴深沉。氛围感很强,在象征的基础上进行白描,无须雕饰。

    牛汉在谈及此诗的创作目的时曾说:"我悼念栋梁之材,民族的伟大人物一个个地倒下,是可悲的。如果专指某一个人的倒下,就太没价值了。"

他在 2003 年 4 月举办于河北廊坊的"牛汉诗歌创作研讨会"上致答谢辞时说道:"我们这一代人,个人的命运和国家的、民族的命运是连在一起的,血肉相连,不可分的。直到现在,我依然如此。我依然爱我的国家,爱我的民族……即使受到误解,屈辱,甚至打击,在苦难的生涯中流汗流血,仍然坚定地留在祖国,不出去!"

【评论链接】

这首诗同写动物世界的《华南虎》一样,是诗人在动乱年代诗歌创作的一个高峰,说它象征一位被摧残的智者也可,但文本体现出的那空旷的境界、博大的胸襟,悲壮的氛围、崇高的精神,是更使人难忘的,诗人叙述,由于这棵高大的枫树在秋天的被伐倒,而震动了邻近的村庄和自然界。(吴开晋《生命的歌吟,独特的意象——牛汉的诗世界》,《文学前沿》第 7 辑,学苑出版社,2003 年,258 页)

24. 团泊洼的秋天(节选)

郭小川

秋风像一把柔韧的梳子,梳理着静静的团泊洼;

秋光如同发亮的汗珠,飘飘扬扬地在平滩上挥洒。

高粱好似一队队的"红领巾",悄悄地把周围的道路观察;

向日葵摇头微笑着,望不尽太阳起处的红色天涯。

矮小而年高的垂柳,用苍绿的叶子抚摸着快熟的庄稼;

密集的芦苇,细心地护卫着脚下偷偷开放的野花。

蝉声消退了，多嘴的麻雀已不在房顶上吱喳；

蛙声停息了，野性的独流减河也不再喧哗。

大雁即将南去，水上默默浮动着白净的野鸭；

秋凉刚刚在这里落脚，酷暑还藏在好客的人家。

秋天的团泊洼啊，好像在香甜的梦中睡傻；

团泊洼的秋天啊，犹如少女一般羞羞答答。

……

战士自有战士的性格：不怕污蔑，不怕恫吓；

一切无情的打击，只会使人腰杆挺直，青春焕发。

战士自有战士的抱负：永远改造，从零出发；

一切可耻的衰退,只能使人视若仇敌,踏成泥沙。

战士自有战士的胆识:不信流言,不受欺诈;

一切无稽的罪名,只会使人神志清醒,大脑发达。

战士自有战士的爱情:忠贞不渝,新美如画;

一切额外的贪欲,只能使人感到厌烦,感到肉麻。

战士的歌声,可以休止一时,却永远不会沙哑;

战士的双眼,可以关闭一时,却永远不会昏瞎。

……

请听听吧,这就是战士一句句从心中掏出的话。

团泊洼,团泊洼,你真是那样静静的吗?

是的,团泊洼是静静的,哪里会时刻都在轰轰爆炸!

不,团泊洼是喧腾的,这首诗篇里就充满着嘈杂。

不管怎样,且把这矛盾重重的诗篇埋在坝下,

它也许不合你秋天的季节,但到明春准会生根发芽。

……

【导读】

这首诗是郭小川 1975 年秋天用诗的形式给一位同志写的一封信,表现出战士不屈不挠的斗争精神。他在受迫害、被审查的境遇中曾说过"我是个战士,不能没有自己的声音"。这首诗即他"自己的声音",抒发战士激越情怀的高昂歌吟。

这首诗在写法上的特点是静动对比,先写静后写动,先借景抒情后直抒胸臆。借这些动人的秋色,抒发出热爱生活的感情;以后的章节直抒胸臆,表现出"战

士"不屈不挠的斗争精神,把壮阔的胸怀抒发得淋漓尽致。由静到动的笔势推向激愤的高潮,以静显动,表面是静,暗里是动,产生了"于无声处听惊雷"的强烈艺术效果。

【评论链接】

这是诗人的歌中之歌——它们形成了诗人全部诗歌当中的最强音。(冯牧《〈郭小川诗选〉序言》,《耕耘文集》,上海文艺出版社,1981 年,310 页)

诗歌采用托物言志的形象化手法,把写景抒情与言志糅合一气,感困泊洼秋天之"物",咏革命战士之"志"。粗细有致、动静各别的笔触,增强了抒情主人公感情的委婉和深沉。铺排和对仗句式所玉成全诗的音韵铿锵,本是作者的强项,这里也得到了颇好的表现。(许道明、朱文华《新编中国当代文学作品选》(中),复旦大学出版社,2000 年,303 页)

25. 一月的哀思
——献给敬爱的周总理(节选)

李 瑛

(四)

我的敬爱的党呵,

我的亲爱的祖国,

他是多么舍不得离开你,

他最后叮嘱我们,

把他的骨灰,他的鲜血,

撒向江河,

——曾哺育他的江河;

撒向大地,

——曾生长他的大地。

呵,千山万水,

长埋多少祖先的骸骨;

呵,万水千山,

洒过多少先烈的血滴!

而今——

古老的波涛呵，

你奔腾了千年万载，

今天，奔流得更急，

你负载着一个伟大的灵魂，

快走遍祖国各地：

好去滋润每棵禾苗，

好去加速每架轮机！

古老的山岳呵，

你屹立了万代千秋，

今天，仿佛更高了，

你紧倚着一个伟大的生命，

快筑起铜墙铁壁：

好保卫大地，长出五谷，

好保卫田野，无限生机！

骄傲吧——

黄河飞涛，长城漠野，

江南水国，中原大地……

山山，因你而脉搏欢跳，

水水，因你而洪波涌起。

敬爱的周总理，

你的生命就是这样

和我们，

和我们的祖国、我们的阶级，

和我们大地的一草一木，一山一石，

紧紧地，紧紧地，

紧紧地连在一起⋯⋯

感谢你——

马克思列宁主义，

培育出这样无畏的英雄；

感谢你——

战无不胜的毛泽东思想，

武装了这样伟大的战士。

但是，怎能设想，

竟有人妄图将你的名字，

从我们心中抹去，

从我们历史的心中抹去；

从我们的生命中抹去，

从我们阶级的生命中抹去。

哈！这是何等可卑可笑！

何等的不自量力！

何等的枉费心机！

我要说：

真理呵——永生！

人民呵——无敌！

革命的步伐,怎会停驻！

战斗的生命,怎会止息！

我敢说：

即使在将来,

在无穷世纪以后的

随便哪一个世纪,

不管谁来考证我们的今天,

都会毫不迟疑地说：

二十世纪——中国,

站在最前面的,

是伟大领袖毛主席,

而站在他身边的便是：

你——敬爱的周总理！

你永远在我们

向一九八〇年进军的行列里!

你永远在我们

向二〇〇〇年进军的行列里!

你永远在我们

向共产主义进军的行列里!

【导读】

　　作者在诗后的附记中写道:"一九七六年一月十五日成前四节,时不得发表,只好藏诸箧底,以寄哀思。"10月,乾坤重定,12月6日又增写第五节。1977年发表。

　　全诗选择大量的细节,因此在段内多采用排比句式,进而在段落间形成涌波叠浪的气势,把那种哀悼的氛围缓慢、压抑而深沉地抒发出来。

26. 祖国啊，祖国

江　河

在英雄倒下的地方
我起来歌唱祖国

我把长城庄严地放上北方的山峦
像晃动着几千年沉重的锁链
像高举起刚刚死去的儿子
他的躯体还在我手中抽搐
我的身后有我的母亲
民族的骄傲，苦难和抗议
在历史无情的眼睛里
掠过一道不安
深深地刻在我的额角
一条光荣的伤痕
硝烟从我的头上升起
无数破碎的白骨叫喊着随风飘散

惊起白云

惊起一群群纯洁的鸽子

随着鸽子、愤怒和热情

我走过许多年代，许多地方

走过战争，废墟，尸体

拍打着海浪像拍打着起伏的山脉

流着血

托起和送走血红血红的太阳

影子浮动在无边的土地

斑斑点点——像湖泊，像眼泪

像绿蒙蒙的森林和草原

隐藏着悲哀和生命的人群在闪动

像我的民族隐隐作痛的回忆

没有一片土地使我这样伤心，激动

没有一条河流使我这样沉思和起伏

这土地，仿佛疲倦了，睡了几千年

石头在噩梦中辗转，堆积

缓慢地长成石阶、墙壁、飞檐

像香座，像一枝枝镀金的花朵

幽幽的钟声在枝头战栗

抖落了一年一度的希望

葬送了一个又一个早晨

一座座城市像岛屿一样浮起，漂泊

比雾中的船只还要迷惘

大片大片的庄稼在汗水中成熟

仿佛农民朴素的信仰

没有什么

留给醒来的时候

留给晴朗的寂默

也许

烦恼和血性就从这时起涌

火药开始冒烟

指南针触动了弯成弓似的船舶

丝绸朝着河流相反的方向流往世界

像一抹余晖，温柔地织出星星

把美好的神话和女人托付给月亮

那么，有什么必要

让帝王的马车在纸上压过一道道车辙

让人民像两个字一样单薄，瘦弱

再让我炫耀我的过去

我说不出口

只能睁大眼睛

看着青铜的文明一层一层地剥落

像干旱的土地，我手上的老茧

和被风抽打的一片片诚实的嘴唇

我要向缎子一样华贵的天空宣布

这不是早晨，你的血液已经凝固

然而，祖国啊

你毕竟留下了这么多儿子

留下劳动后充血的臂膀

低垂着——渐渐握紧了拳头

留下历史的烟尘中一面面反叛的旗

留下失败，留下旋转的森林

枝丫交错地伸向天空

野兽咆哮

层层叠叠的叶子在北方潺潺飘落

依旧浓郁地覆盖着南方

和沉重的庄稼一同翻滚

鸟群呼啦啦飞起

祖国啊，你留下这样美好的山川

留下渴望和责任，瀑布和草

留下熠熠闪烁的宫殿、古老的呻吟

一群群喘息的灰色的房屋

留下强烈的对比、不平

沙漠和曲曲折折的港湾

山顶上冰一样冷静的思考

许多年的思考

轰轰隆隆响着，断裂着

焦急地变成水

投向峡谷，深沉，激荡

与黑压压的岩石不懈地冲撞

涌向默默无声地伸展的土地

在我民族温厚的性格里

在淳朴、酿造以及酒后的痛苦之间

我看到大片大片的羊群和马

越过栅栏,向草原移动

出汗的牛皮、犁耙

和我的老树一样粗糙的手掌之间

土地变得柔软,感情也变得坚硬

只要有群山平原海洋

我的身体就永远雄壮,优美

像一棵又一棵树一片又一片涛声

从血管似的道路上河流中

滚滚而来——我的队伍辽阔无边

只要有深渊、黑暗和天空

我的思想就会痛苦地升起,飘扬在山巅

只要有蕴藏,有太阳

我的心怎能不跳出,走遍祖国

树根和泥淖中跋涉的脚是我的根据

苦味的风刺激着我,小麦和烟囱在生长

什么也挡不住

即使修造了门,筑起了墙

房子是为欢聚、睡眠和生活建造的

一张张窗口像碰出响声的晶莹酒杯

像闪着光的书籍一页一页地翻动

繁殖也不意味着拥挤和争吵

只要有手，手和手就会握在一起

哪怕是沙漠中的一串铃声，铃铛似的

椰子树脖子上摇动的椰子

烫手的空气中，沙滩上疲倦的网

同样是我的希望

寒冷的松针以及稻子的芒刺

是我射向太阳的阳光

太阳就垂在我的肩上，像樱桃，像葡萄

痒酥酥的，像汗水和吻流过我的胸脯

乌云在我的叫喊和闪电之后

降下疯狂的雨

像垂死的报复

落下阴惨惨的撕碎了的天空

那么，在历史中

我会永远选择这么一个时候

在潮湿和空旷中

把我的声音压得低低的低低的

压进深深的矿藏和胸膛

呼应着另一片大陆的黑人的歌曲

用低沉的喉咙灼热地歌唱祖国

1978 年

【导读】

《祖国啊，祖国》选自《从这里开始》（花城出版社，1986 年）。

这首诗写作的时代背景与舒婷的《祖国啊，我亲爱的祖国》一样，都是"文革"结束后不久，中国正百废待兴，诗人深切地"感受着民族的苦难，以及所走过的屈辱、抗争的漫长、曲折的道路"。于是，诗人穿越时空，站在时代的高度，回顾了祖国几千年的文明史，努力寻找英勇不屈的民族英雄和生生不息的民族精神。

对于江河来说，20 世纪 70 年代末 80 年代初"不光把精神成长的东西放进诗歌文本里去了，我个人对世界的看法、活法、写法都在里面。整个 80 年代，我们成都那一群诗人都被诗歌裹在一起，诗歌本身就是日常生活。我一开始就带入了问题意识，不是说仅仅只是写诗那么简单，我已经在考虑某种纠正的写法的可能性，不仅仅只是修辞问题，它涵括了那个时代一些含混的、错杂的、兴奋的东西。那个时候好像各种可能性都夹带着某种沸腾的、灵氛的内涵,它被突然打开,火山爆发般降临到头上,悬垂我们,烘烤我们,把心之所感、手之所触、目之所视,全都融为一体"(欧阳江河、何平《我的写作是有抱负的,它体现为一种阔视和深虑》,《文艺报》2021年4月23日第5版)。

27. 小草在歌唱

——悼女共产党员张志新烈士（节选）

雷抒雁

（一）

风说：忘记她吧！

我已用尘土，

把罪恶埋葬！

雨说：忘记她吧！

我已用泪水，

把耻辱洗光！

是的，多少年了，

谁还记得

这里曾是刑场？

行人的脚步，来来往往，

谁还想起，

他们的脚踩在

一个女儿、

一个母亲、

一个为光明献身的战士的心上？

只有小草不会忘记。

因为那殷红的血，

已经渗进土壤；

因为那殷红的血，

已经在花朵里放出清香！

只有小草在歌唱。

在没有星光的夜里，

唱得那样凄凉；

在烈日暴晒的正午，

唱得那样悲壮！

像要砸碎焦石的潮水，

像要冲决堤岸的大江……

（二）

正是需要光明的暗夜，

阴风却吹灭了星光；

正是需要呐喊的荒野，

真理的嘴却被封上！

黎明。一声枪响，

在祖国遥远的东方，

溅起一片血红的霞光！

呵，年老的妈妈，

四十多年的心血，

就这样被残暴地泼在地上；

呵，幼小的孩子，

这样小小年纪，

心灵上就刻下了

终生难以愈合的创伤！

我恨我自己，

竟睡得那样死，

像喝过魔鬼的迷魂汤，

让辚辚囚车，

碾过我僵死的心脏！

我是军人，

却不能挺身而出，

像黄继光，

用胸脯筑起一道铜墙！

而让这颗罪恶的子弹，

射穿祖国的希望，

打进人民的胸膛！

我惭愧我自己，

我是共产党员，

却不如小草，

让她的血流进脉管，

日里夜里，不停歌唱……

【导读】

1979年五六月间，与"四人帮"做斗争而壮烈牺牲的女英雄张志新烈士的事迹得到公开报道，受到了全国人民的关注，同时出现了许多诗篇，歌颂这位不惜以生命为代价来坚持和捍卫真理的共产党员，如艾青的《听，有一个声音……》、周良沛的《沉思》、韩瀚的《重量》、舒婷的《遗产——张志新烈士给女儿》等。雷抒雁的长诗《小草在歌唱》是为悼念张志新而写的。它是新时期诗歌创作的里程碑式作品。

当时，雷抒雁看到张志新烈士的报道后，感动得无数次流泪,到处找人诉说,甚至和人争论。他想写诗,想表达内心的思索、愤怒和激情,但一直没有找到诗思喷发的契机。1979 年 6 月 8 日,他夜不能寐,到凌晨一点钟,突然从床上爬起来,仿佛看到了一片野草,看到野草上的一摊鲜血。他终于找到诗的形象。所以,第一段话,立即从笔端涌现出来了,"风说:忘记她吧! 我已用尘土,把罪恶埋葬! 雨说:忘记她吧! 我已用泪水,把耻辱洗光!"随后一发而不可收,一路写下去,到凌晨四点。第二天,略做修改,立即就投给了《诗刊》。

　　《诗刊》编辑拿到这首诗以后,非常激动,1979 年 7 月《诗刊》组织诗歌朗诵会,《小草在歌唱》由演员瞿弦和配乐朗诵,这是听众第一次听到这首诗。8 月号首发《小草在歌唱》。

　　这首诗突出了抒情主人公的形象,运用鲜明的对比,写了一个英雄的牺牲在抒情主人公的内心引起的强烈震撼:以"我"的自我解剖,来赞颂她的伟大,来写她的英雄品格对群众的教育和影响。诗中以"我"的昏睡烘托、对比烈士的清醒;以"我"满足于按时交党费,在党小组会上滔滔不绝地汇报思想,对比烈士像刘胡兰、江竹筠一样坚强的党性;以"像松林一样"的七尺汉子的伟岸身躯,对比"肩起民族大厦的栋梁"的"柔嫩的肩膀"。

　　抒情主人公"我"并不仅仅是诗人自己,而是与时代、与人民相通的"大我"。"我"的觉醒,代表着被极"左"路线蒙住了眼睛的许许多多人的觉醒。

　　这首诗在构思上新颖别致,采用了托物言志、借物抒情的手法,以"小草"作为起兴和贯穿全诗的抒情线索,赋予"小草"丰富的象征意义。在烈士牺牲的刑场上,生长着小草,小草是见证人,是同情者,让烈士的碧血流进脉管,在花朵里放出清香。小草看起来平凡、弱小,但它们又是强大的。

【评论链接】

虽然这首诗的标题是《小草在歌唱》,但"小草"这个意象作为多声部合唱中的一个声部,它的吟唱并不多。它往往出现于总合唱的间歇处,而且音调极为深远、悠长,有一种于无声处听惊雷之感。如果说那个被置于历史拷问台上被自我质询、自我剖析的反思性的"我",是处于前景中的批判意识的话,那么"小草"的声部却处于背景的深处,承担着总体反思批判的任务,它使我想起的是古希腊悲剧演出中的合唱歌队。(牛宏宝《变革时代的抒情诗人——雷抒雁诗作略论》,《中国诗歌研究》第1辑)

28. 现代化和我们自己

——写给和我一样对"四化"无知的人们(节选)

张学梦

(一)

当然不能说

　　苦恼是欢乐的孪生兄弟。

可是,就在我们给现代化建设

　　剪彩的最欢乐的时刻,

苦恼也悄悄地占据了

　　我心房的一隅。

望着

　　我们宏伟的目标,

我突然感到

　　精神的苍白、

　　　　肺腑的空虚。

仿佛我是腰佩青铜剑的战士,

　　瞅着春笋似的导弹发呆;

仿佛我是刚刚脱掉尾巴的

森林古猿，

茫然无知地

翻看着四化的图集。

我苦恼

知识库房的

贫困，

脑海里

那几毫升文化之水，

已经濡不湿龟裂斑斑的

干涸基底。

"什么是现代化？

你能为她干些什么？

你掌握着哪一种科学武器？……"

难道能这样地响亮回答——

"我无知。"

相信吧

这是一条生硬的淘汰法则，

相信吧

这是一条无情的进化规律：

跟上队伍的

一同前进，

掉队的

　　终被丢弃。

怎能设想

　　叫奔驰的时代列车

　　　　停下来，

再等你

　　半个世纪?!

问题是尖锐的，

　　谁也不能回避!

那么，思考这个问题吧，

　　现代化和我们自己。

　　　　（二）

党的十一届三中全会公报

　　响起新颖的汽笛，

她像历史唯物主义的新篇

　　豁然把我启迪：

过去的

　　已经刻写在

纪念碑上，

辩证法

很自然地

淘汰着过去。

向前看吧！

重要的永远是现实和未来，

任何东西都会陈旧的——

知识、经验、生命、荣誉……

为了获得永不衰竭的力量，

必须不断地把新的营养汲取。

我读着公报，

看见一扇布满铆钉的大门

吱扭扭打开，

灿然展现出

四化远景的壮丽；

看见公报上的铅字

突然向我飞来，

飞来一片陨石雨般的问题：

"你将怎样去实现新时期总任务？

你用什么去推动社会生产力？

思想的银燕有没有从额顶起飞?

　　臀上小生产的胎迹有没有擦去?

你能看懂四个现代化的蓝图吗?

　　哪些科学家头像是时代的标记?

你认识电子、核糖核酸和数码吗?

　　你掌握哪些先进的生产技艺?

你能飞跃吗?

　　一秒钟几公里?

你懂得几种语言?

　　能驾驭哪些客观规律?

……

只有革命的热情?

　　只有发达的肱二头肌?

已经不够了! 很不够了呀……"

是的,我知道!

请放心吧,我不畏惧

　　这些陌生的课题,

现代化建设需要的新知识,

　　我决心去获取!

为了不成为永久的傻瓜,

为了能担起历史责任，

我——

　　学习。

……

（四）

也许，我说得

　　过分严重了，

你看，我们的日常生活

　　不是更加平和安谧？！

确实，这个转变

　　既不像一块大陆的沉没，

　　　　也不像一条山系的隆起。

但是，我却感触到

　　这场静悄悄的革命

　　　　是多么深刻、

　　　　　　严厉。

我知道，我还必须

　　用几箱子药皂

　　　　把装心思的地方

彻底洗一洗；

铲除阴暗处的苔藓

　　和洪泛过后

　　　　沉淀的污泥。

像消灭霍乱杆菌

　　和梅毒螺旋体那样，

消灭

　　封建的、资产阶级的

　　　　低下心术，

用红色的三中全会公报

　　把全身的血液

　　　　重新过滤。

必须这样。

　　站在同志们中间

　　　　心灵不但充实活跃，

而且洋溢着

　　共产主义道德的纯正气息。

我知道，私生活

　　并不是个人的珊瑚礁。

像金属晶格似的

一幢幢宿舍大楼的

　　　　每个房间，

都上演着时代的戏剧。

家庭

　　　　这个摆着双人床、

　　　　　　小书架和碗橱的地方，

这里

　　　　你作为丈夫妻子、

　　　　　　父母和儿女，

不是中国式的山寨主，

　　　　不是小恺撒、伊凡雷帝。

尽情地爱吧，

　　　　像马克思燕妮那样

　　　　　　真挚而热烈，

为什么不可以倾诉缠绵的心曲？

为什么不可以欣赏盛开的雏菊？

四个现代化

　　　　不要求我们变成

　　　　　　冰冷的"机器人"，

相反，

她将使我们的情感

　　更加丰富而细腻。

努力使自己现代化吧!

难道这不是一个

　　烧着了眉毛的问题?

在二○○○年的门槛上

挂着这样一块木牌:

　　"愚昧无知的人勿进!"

是真的! 是真的!!

　　学习吧!!!

现代化的人们哪,

　　我赞美你。

1978 年 12 月 30 日

【导读】

　　本诗最初发表于《诗刊》1979 年 5 月号,问世经过颇具诗性传奇。唐山地震后,在一位姓苏的工友鼓励下,张学梦开始创作诗歌,他将自己的作品寄给刚刚复刊的《诗刊》。很快收到《诗刊》编辑部作品组的回信:"你的诗既有形象,又有思想,望尽快写一些,迅速寄来。"他十分激动,把手头作品陆续寄给《诗刊》。很快,又收到《诗刊》寄来的一个大信袋,里边装着他的两本稿纸和一封信。信上说："你的诗经编辑部研究，决定发表，发表什么诗，由你自己决定。"见信后，当天晚上他的长诗《第五个现代化》一气呵成。此时的他已经敏锐地看到除了要实现的"四个现代化"，重要的是人的现代化，即"第五个现代化"。这首长诗在《诗刊》1979 年第 5 期发表，发表时被《诗刊》编辑邹荻帆改为《现代化和我们自己》，著名诗人、翻译家刘湛秋同期发表了评论。同年《诗刊》第 7 期发表了著名诗人公木的长篇评论《发人深思的诗——读〈现代化和我们自己〉》，认为这首"高瞻远瞩、大气磅礴的诗篇""表现了时代精神""提出并回答了一代人所普遍关心的问题"："现代化和我们自己。"更重要的是"提出了'人的现代化'，这是诗篇所展示的一个新的领域"，即"要想为实现祖国的四个现代化献身，首先需要使自己现代化，一切要从自己现代化做起……什么叫表现了时代精神？无非是提出并回答了一代人所普遍关心的问题。诗篇之具有吸引力，大约就在这儿，那么，被这诗篇吸引住的将决不只我一人，而是我们、我们这一代人"（公木《发人深思的诗——读〈现代化和我们自己〉》，《诗刊》1979 年第 7 期）。

这首长诗被中央人民广播电台播送月余，脍炙人口。1981 年，张学梦凭此诗获 1979—1980 全国中青年优秀诗歌奖。除了首发此诗，《诗刊》后来还多次在历史纪念的节点重新刊发这首诗，可以说构成了新时期诗歌被反复传播的一个典型案例：1998 年 5 月"纪念中国改革开放二十周年专号"上再次刊发此诗；为庆祝中华人民共和国成立六十周年,2009 年 9 月号上重新刊发此诗。2010 年 10 月上半月号上推出"青春回眸·张学梦卷",刊发此诗,编者题有"向前看吧! 重要的遥远是现实和未来"。

【评论链接】

这首诗开文学作品呼唤中国的现代化之先河,是文学界第一声渴求现代物质文明的钟声,在当时的青年读者中引起极大反响,给当时的中国诗坛注入了一股清新的时代之风,对中国诗坛是一次有力的震撼与冲击。……对于中国新诗的发展,具有某种革命的性质和划时代意义。(郁葱《〈诗选刊〉评选:1978—2008 河北诗歌十大经典》,《诗选刊》2008 年第 12 期)

这首诗的重大价值,在于他把自我生命与历史在现代性这一点上凝聚起来,提出迫切的时代命题,从而以其尖锐性和震撼性,高标了诗歌现代审美精神。(苗雨时《现代精神的歌者——张学梦论》,《走向现代性的新诗》,河北大学出版社,2010 年,122 页)

29. 祖国啊，我亲爱的祖国

舒 婷

我是你河边上破旧的老水车，

数百年来纺着疲惫的歌；

我是你额上熏黑的矿灯，

照你在历史的隧洞里蜗行摸索。

我是干瘪的稻穗，是失修的路基；

是淤滩上的驳船

把纤绳深深

勒进你的肩膊，

——祖国啊！

我是贫困，

我是悲哀。

我是你祖祖辈辈

痛苦的希望啊，

是"飞天"袖间

千百年来未落到地面的花朵，

——祖国啊！

我是你簇新的理想，

刚从神话的蛛网里挣脱；

我是你雪被下古莲的胚芽；

我是你挂着眼泪的笑涡；

我是新刷出的雪白的起跑线；

是绯红的黎明

正在喷薄

——祖国啊！

我是你十亿分之一，

是你九百六十万平方的总和；

你以伤痕累累的乳房

喂养了

迷惘的我、深思的我、沸腾的我；

那就从我的血肉之躯上

去取得

你的富饶、你的荣光、你的自由；

——祖国啊，

我亲爱的祖国！

【导读】

对于这首诗的创作经过，舒婷的记忆非常深刻。《致橡树》发表以后，邵燕祥就通过蔡其矫给她带了话，说：舒婷是你们福建的青年诗人，请她有好的诗作就向《诗刊》投稿。舒婷当时年轻气盛，认为《诗刊》太官方，所以没有把邵燕祥的话当回事。她当时在厦门灯泡厂焊灯泡，还是一名先进工作者，觉得如果自己焊得快，还能帮助其他工友。那时，很多年轻人都觉得中国的发展很有希望，觉得中华民族站在了新的起点上，所以，她在焊灯泡的时候，写出了《祖国啊，我亲爱的祖国》。"我一边工作，一边构思着我的诗歌，所以手被锡纸烫满了水泡。我当时激情澎湃地写下了这首诗。"（舒婷《有些事，这辈子都刻骨铭心——在香港科技大学的演讲稿》，《书屋》2016年第4期）

【评论链接】

与其说它是一首"政治诗"，不如说是"政治抒情诗"，更确切说是"抒情政治诗"。如果把作者写这首诗和读者读这首诗的两大过程视为诗疗过程，它的抒情性大于政治性，治疗功能多于宣传功能。在宣传启蒙意义上，它是一首"人之诗"，更是"公民之诗"。在治疗抒情意义上,它是一首通过培养道德情感让人获得道德愉快,给人幸福生活的诗。写它和读它,都可以给人自尊、自由和自信,让人获得正确的身份感、社会感和自我感,让人心理健康、人格健全、情感丰富、精神饱满、生活充实。不管是单独从诗疗意义上和诗教意义上看,还是把两者合二为一看,它的终极意义都是培养现代中国人。(王珂《一首给人幸福的抒情政治诗——〈祖国啊,我亲爱的祖国〉的诗疗解读》,《名作欣赏》2018 年第 3 期)

30. 中国，我的钥匙丢了

梁小斌

中国，我的钥匙丢了。

那是十多年前，
我沿着红色大街疯狂地奔跑，
我跑到了郊外的荒野上欢叫，
后来，
我的钥匙丢了。

心灵，苦难的心灵
不愿再流浪了，
我想回家
打开抽屉、翻一翻我儿童时代的画片，
还看一看那夹在书页里的
翠绿的三叶草。

而且，

我还想打开书橱，

取出一本《海涅歌谣》，

我要去约会，

我要向她举起这本书，

作为我向蓝天发出的

爱情的信号。

这一切，

这美好的一切都无法办到，

中国，我的钥匙丢了。

天，又开始下雨，

我的钥匙啊，

你躺在哪里？

我想风雨腐蚀了你，

你已经锈迹斑斑了；

不，我不那样认为，

我要顽强地寻找，

希望能把你重新找到。

太阳啊，

你看见了我的钥匙了吗?

愿你的光芒

为它热烈地照耀。

我在这广大的田野上行走，

我沿着心灵的足迹寻找，

那一切丢失了的，

我都在认真思考。

【导读】

这是梁小斌于 1980 年创作的一首新诗。全诗的核心意象是"钥匙"，围绕这一意象引发打开、进入等一连串动作联想，在"红色大街"与"郊外的荒野"等政治性隐喻的衬托下，暗示了特殊年代后一代青年所失落的自我价值与理性判断，而"寻找钥匙"则高度浓缩了他们重新探索、追求自我独立价值的心路历程。诗人以童心看世界，以日常化情境传递那种时代语境的象征，具有一种透明的、素朴的品质。诗的语言相对平实，没有任何过度的夸张变形。诗的丰富内涵正是来源于诗人对他选取的素材的准确、清醒的剪裁和驾驭。

【评论链接】

梁小斌对于中国新诗的贡献,还在于他以他的诗歌创作实践一贯地推进着新诗的散文美和口语美的进程。换言之,梁小斌接过了郭沫若、戴望舒和艾青等人的新诗语言变革传统并使之深化。比如,他的"中国,我的钥匙丢了"和郭沫若的"我是一条天狗呀/我把月来吞了"、戴望舒的"我底记忆是忠实于我的/忠实得甚于我最好的友人"、艾青的"雪落在中国的土地上,/寒冷在封锁着中国呀"等一样都是中国新诗经典的感人肺腑的诗句。我感佩于它们被诗人们"第一次"说了出来及其说出来的话语方式。因此,从大的背景上讲,梁小斌的确是很好地发扬了五四以来新诗的口语传统。(杨四平《当下诗歌写作的语言源流——梁小斌的若干诗学意义》,《江汉大学学报》2004 年第 6 期)

31. 谒西路军烈士陵

公　刘

高台一战，我工农红军西路军一部，弹尽援绝，不幸被马步芳匪帮生俘，解押至西宁后，惨遭活埋。

累累白骨，摞在一起，
保留着你们昔日的亲密情谊，
几杆烟锅，数枚铜币，
发散着你们身上的硝烟汗气。

不是来向你们的墓碑鞠躬敬礼，
而是来向你们的忠魂盟誓致意；
理想还在远方招手，此去还有漫长距离，
如果需要，我愿死在新的战役。

1981 年 8 月 5 日　金川

32. 听歌

公 刘

有一群第一次来延安的广东省老干部参观团的女同志,在阳光下引吭高歌《延安颂》。

你们,白了头发的女战士,

东江纵队的女战士,

琼崖纵队的女战士,

唱起了雄壮的《延安颂》,

想起了青春的日子。

你们过去没机会来延安,

想延安简直想得要死;

唱得热烈,唱得真挚,

从你们纯洁的歌声中,

能听出缠绵的情思。

延安！革命者的磨刀石！

你们难道唱的是自己吗？
背后分明还站着万千同志！
他们在战斗的岁月翘首北望，
但他们没能活到今日，
才给你们留下了血染的旗帜。

所有喝延河水长大的，
都来听一听这支歌吧！
这歌声会给你以启示：
谁亵渎了这个光辉的名字，
历史将诅咒谁是逆子。

延安！变节者的判决词！

1981 年 9 月 22 日　延安

【导读】

1981 年，公刘在西部寻访革命遗迹，创作了以上诗歌。

1955 年，《人民文学》连续发表公刘表现边疆战士生活的组诗《佧佤山组诗》《西双版纳组诗》《西盟的早晨》，他是西南边疆诗人中最早获得较高评价的诗人，他的诗歌对于当代军旅诗歌创作影响较大。20世纪50年代中期之后，他在肯定新生活的同时对一些负面现象发出了质疑的声音，像一株能够"敲出金属的铿锵"的"白杨"。新时期之后，他的诗作更加显出对政治信仰的赤诚、对于牺牲者的景仰和对于社会不良现象的冷峻审视。

【评论链接】

　　他以诚实的态度拥抱了他的时代和人民，他溶解个人的真实情怀于生活的激流之中。历史总的走向是前进，有时也停滞乃至后退，他把历史行进的轨迹烙印在自己的诗行里。今天和后来的人们，可以从他的美好的和充满希望的、激愤的甚至也不无局限的诗作中，把握他所生活的这个时代的普遍的情绪。从这个意义上说，公刘的诗属于人民。（谢冕《仙人掌的诗情——论公刘的诗》，《文学评论》1983年第5期）

　　如果说公刘前期的诗作是一艘冲锋舟，这冲锋舟冲在时代的潮头，是永远向前的，那么公刘后期的诗作是屹立的礁石，它更是背朝大海，回望着历史的汪洋。简单地说，公刘前期的诗是向前看的，是面向未来的；公刘后期的诗更多是向后看的，是指向历史的。在一场浩劫过后，如果不是去认真地坦诚地，甚至痛苦地总结历史，怎么能轻率地向前迈步呢？又怎能避免陷入新的历史陷阱呢？（陈亮《历史激流中的礁石——论公刘后期诗作》，《诗探索·理论卷》2017年第3辑）

33. 念奴娇·追思焦裕禄

习近平

中夜,读《人民呼唤焦裕禄》一文,是时霁月如银,文思萦系……

魂飞万里,盼归来,此水此山此地。百姓谁不爱好官? 把泪焦桐成雨。①生也沙丘,死也沙丘,父老生死系。②暮雪朝霜,毋改英雄意气!

依然月明如昔,思君夜夜,肝胆长如洗。路漫漫其修远矣,两袖清风来去。为官一任,造福一方,遂了平生意。绿我涓滴,会它千顷澄碧。

1990 年 7 月 15 日(原载 1990 年 7 月 16 日《福州晚报》第 1 版)

注:

① 焦裕禄当年为了防风固沙,帮助农民摆

脱贫困,提倡种植泡桐。如今,兰考泡桐如海,焦裕禄当年亲手栽下的幼桐已长成合抱大树,人们亲切地叫它"焦桐"。

②焦裕禄临终前说:"我死后只有一个要求,要求党组织把我运回兰考,埋在沙丘上。活着我没有治好沙丘,死了也要看着你们把沙丘治好!"

【导读】

习近平总书记曾动情地回忆说:"焦裕禄精神不仅影响着你们,而且影响了几代人。1966 年 2 月 6 日,《人民日报》刊登了穆青等同志的长篇通讯《县委书记的榜样——焦裕禄》,我当时正上初一,政治课张老师念了这篇通讯,我们当时几次都泣不成声,特别是讲到焦裕禄同志肝癌后期坚持工作,拿个棍子顶着肝部,藤椅右边被顶出了一个大窟窿时,我深感震撼。焦裕禄精神对我影响很大。"

【评论链接】

词的开头先声夺人:"魂飞万里,盼归来,此水此山此地",一个"盼"字落笔千钧,其热切与执着呼之欲出。"此水此山此地"则创造了一个恢宏的情感时空,使"归来"二字有了具体的情感旨归和着力点。接下来一句质朴的设问:"百姓谁不爱好官",使情感的发展有了一个新的起伏。妙处在于作者随后并没有直接作答,而是荡开一笔,生动描述了"把泪焦桐成雨"的感人场景。这既是对上句设问的含蓄回应,又是百姓对"好官"的"爱"的具体展示,还是对焦裕禄精神的一种直接赞美。……通过"焦桐"这一感人符号,焦裕禄这个"好官"的光辉形象至此就直接矗立在读者面前。(高昌《"绿我涓滴,会它千顷澄碧"——习近平同志〈念奴娇·追思焦裕禄〉解读》,《光明日报》2014年3月20日第2版)

34. 毛泽东

昌 耀

史诗中死去活来的一章翻揭过去。
但是觊觎天堂乐土的人们还在窥望着。

如若乐土福音是神性的培养基，
那么神性失落是好事抑或不幸？
我们曾有过无数执着的使徒。
我们是以士兵的首级筑起老城的垛口。
人心不该冷冻。
钟声的召唤被饥渴的耳朵捕捉。

信仰是至上之然诺，一种献身，构成合力。
假如毛泽东今天从长眠的宫寝启程，
我不怀疑天下的好汉仍会随他赴汤蹈火，
因为他——永远在前面。
因为他，就是亿万大众心底的痛快。

时间是成熟的发酵罐。

但时间不会从虚无生长出参天巨树。

时间是一部蒸馏器，只有饶富魅力的精神

才上升为云霓，一种象征，一种永恒追忆。

苦闷的灵魂无需墓地，

但需在一个感觉充实的高境筑巢。

一篇颂词对于我是一种心意的了却。

对于世纪是不可被完成的情结。

【导读】

昌耀曾在《大山的囚徒》中表白："我是农夫的养子，/在我心中的殿宇，/党的形象，/无疑是我崇奉的至尊。/我珍惜这种朴质的感情。/但是，我的信仰，/不是盲目的愚忠，/不是泥胎木雕的魔力，/我更该听从——/实践的判决，/历史的裁决。/只有它——/才能使我驯服。/我阐述自己的观点，/这正是出于我爱的真挚……"这不仅反映了他对党的忠诚——当然也正是他这种坚定的政治立场使得某些人送给他"左"的头衔，更反映了他对中国共产党领袖的理性判断。"假如毛泽东今天从长眠的宫寝启程，/我不怀疑天下的好汉仍会随他赴汤蹈火，/因为他——永远在前面。"读来令人想起何其芳《我们最伟大的节日》、胡风《时间开始了》,这不是简单地对于个人的讴歌,而是对一个时代民族精神的深刻共鸣。

【评论链接】

　　如果说在昌耀早期诗歌中表现出的昂扬激情和豪迈诗句,是他对那个时代精神的直接呼应的话,那么在其后期作品中,我们依然能够从他对生命本体意义的追寻和灵魂的拷问中感受到他精神底蕴中那份对人生理想一以贯之的执着探求,依然可以触摸到时代的脉搏,可以窥伺到他内心深处保留着的那片崇高理想寄居的圣地。只是随着社会转型所带来的理想主义的普遍弱化,随着诗人对人生境遇更深层次的洞察,曾经植根于诗人心中坚定的理想信念已不再以人们熟悉的直白语言和高亢激情得以浅层次的表达,而是以跳跃的意象与陌生化的语言将心底的那份执念融入到了深邃的形而上的哲思当中。(雷庆锐《情怀与坚守:昌耀诗歌的精神内涵》,《青海师范大学学报》2021年第1期)

35. 红色寓言（组诗）

刘立云

夜行者

那些在苍茫夜色中隐隐涌动的
是谁的脊背，谁的面影？
黑暗密不透风！而他们就在这
黑暗的缝隙里挤撞、腾挪
并侧身而行，把一颗颗倒提在
手上的头颅，当作黑夜的灯盏

别无选择！在没有道路的地方
踩出道路，在没有青草的地方
养育出青草；但利斧和刀剑
就悬在高空，四处是沸腾的荆棘
而闪电一再抽打他们的伤口
尖啸如猎鹿人手中的那根枪刺

鲜血和黑夜一样的黏稠啊！也

一样的浓烈，散发着生命的芬芳

而当突起的风暴，打落一地残红

人们终于在拂晓前看清，看清

这一群在黑夜奔走的人，他们

心如止水，竟不惜用头颅作花

神话就在这时诞生了。这一群在

黑夜中消失的人，这一群东方的

西西弗斯，他们在久远的岁月

轰轰隆隆地推着头颅上山，又

轰轰隆隆地听任头颅落地，原来

这是要让我们听见大地的鼓声

2001 年 3 月 26 日　北京

红色寓言

黎明是从我的胸膛奔涌出来的！当

最后一颗子弹，在我波涛起伏的胸前

打开一扇窗口，这就像泉眼涌出江河

就像高耸的火山口喷出炽热的岩浆

如此鲜艳的红！如此辉煌壮丽的喷薄
和汹涌。光芒铺天盖地。这使我反复看见
我带铜声的骨头是一根树干，我跌倒
爬起，爬起再跌倒，都咬住同一片土地

哦。哦。现在该是一种什么样的物质
踏雪无痕，突然走遍我的四肢，突然推倒
我胸前所有的栅栏，占领我黑暗的身体
就如红红的火苗，从内部点燃一盏灯笼

那又是一种什么样的纤维，从我身后
席卷而来？让大风的声音拍打云霄
而我缓缓收回的手掌，缓缓握住的
是生命的一个寓言、大地的一阵心跳

2001 年 3 月 14 日　北京

我这样理解人民

如果我漠视大地，拒绝做一粒卑微的
沙尘；如果我用自己的喉咙，发出
乌鸦的嘶叫；如果我孤傲自负，形单影只

像飘雪一样健忘,那么我恳请你把我

删除! 就像你在田野里删除一茎稗草

就像我在电脑中删除一个病句

多么细小纤弱的颗粒,多么庞大的

群体啊! 当我看见大浪汹涌,把高土

搬为平地;当我看见烈焰呼啸,把最

坚硬的钢铁,熔为沸水

当我被悬在高处,这时,我只能祈求做一根

草木

祈求让风雨的暴力,把我打进森林

谁能倒提着头颅飞升地面? 你说你

是一块金子,那你无疑是从他们中间

淘出来的;你说你是一片江山,那你也

必定是用他们的躯体堆筑而成;而假如

你想在他们头顶建立王座,他们力举

千钧的双手,即刻间便让你玉碎宫倾

是的。我就是这样理解人民的:他们

中华传统文化经典诵读手册

第六册

是一个名词,但更应该是一个动词

他们是一片海,但深藏撼天动地的伟力

然后我要说:做他们的儿子吧! 一生只

偎依在他们胸前。只有这样你才最明白

什么叫树大根深,什么叫坐怀不乱!

2001 年 3 月 27 日　北京

【导读】

这组诗发表于《诗刊》2001 年 6 月号,当时《诗刊》为了庆祝建党 80 周年,将这一期发表的诗作归为五个部分:"跨越篇""开放篇""团结篇""奋进篇"以及"言志篇",其中"跨越篇"以"飘扬八十周年的旗帜"为副标题。

刘立云希望用诗歌召集一支精神部队。他曾经在访谈中谈过理想的诗歌境界:"因为诗人们各自的处境不同,大家发出的声音自然也不相同,难免不带着自己的偏见。问题是,现在有哪个诗人在关注这趟列车在如何艰难地行进? 沿途发出怎样艰难的呼吼? 这么说吧,我期待的大师,就是那种能跳出个人的局限,倾心关注这趟列车在如何行进的人。他们应该有博大的胸襟,悲悯的情怀,对祖国和人民深怀大爱,对人性中潜藏的黑暗具有深刻的洞察和批判能力。他们发出的声音,既是中国的,又应该是人类的,不存在任何边界。"(刘立云、邹建军《期待被大师的光芒照耀——刘立云先生访谈录》,《中国诗歌》2011 年第 4 期)

【评论链接】

　　从烛光到烈焰，从小草到大树，这是一条向上的路、艰难的路。在这条路上，刘立云留给了我们一个跋涉者的身影。……在这个过程中，刘立云最可贵之处在于他将诗歌创作既当作殉道者的一项工作，又把自己调节到一个跋涉者的位置，从而使自己的形象既像一朵灿烂的金葵，又像一支熊熊燃烧滚滚向上的火炬。（史一帆《向上的火焰和向下的路——从陈云其、刘立云诗歌创作道路之比较看目前的诗歌创作》，《解放军艺术学院学报》2001 年第 4 期）

36. 飘扬的旗帜

周启垠

多么动感的新歌！多么活跃的美！生活的颤音！

呐喊的嘴唇在黎明前的风景里呈现出来

多么奔忙的身影　高大　俊朗　天空是蓝色　灰色　红色

变幻成灿烂的颜色　点亮人心的荒漠

万丈雷霆在大地上奔走

风中的脚步踢出轰隆隆的声音

亚马孙河的涛声合着黄河的涛声

那些前仆后继的涛声　形成雷霆的接力

那满地的黑暗成了一张张遗弃的纸屑

那些在纸屑上写字的手　那些起伏的胸口

那些汹涌的血　中国的血与翻身的呼啸形成合奏

生命的种子　从泥土开始　露出顽强的

根系

    天下　要给所有的人同样的葱翠

    奇迹就是这样创造出来的！伴着奇迹的出现

    从黑暗的阴影里升起来　从光明的羽翼上升起来

    飘到九万里高空　九万里的风暴展动起来

    而长征　那条红色的路线　是一条倔强的红藤清晰起来

    草地上的脚步在继续走动　雪山上的眼睛睁得晶亮

    枪声与炮声混合成欢呼的声音

    就像多少年后广场上的声音

    一阵高过一阵　一阵压过一阵

    世界滚动着呼啸的声音　让无数竖起的耳朵

    日夜倾听闪电的锋利　割破黑暗的壁垒

    伟大的情怀在为着更多的人幸福

    不屈的抗争为着一唱雄鸡天下白

从浙江南湖上的那一缕光芒开始　无数的鲜血

汇集成大海的澎湃　我沿着80年的血迹

看见那些不熄灭的澎湃　比时间持续得更久

比巨大的岩石更加坚牢!

这是我们用生命和鲜血垒起来的高峰

我们的体内飘扬着嘹亮的号声　是血更是精神

我们要继续冲上前去　投入火热的战斗

擦拭好武器哟　1949年的武器不只是在博物馆里

我们能看见的那旗　那飘扬的气势要压倒一切

那不过是一缕缕红色的纤维吗　不!

那是扎绑腿的军队在向着远方开拔

那是哨兵在漆黑的时刻警惕地问出了口令

那枪栓是不生锈的　在黎明未来之前枕在头顶

听听那抖动的力量是怎样的汹涌吧

为劳苦大众谋幸福　东方是这样开始泛红

江河水涌上来　宝塔山亮起来

光明冲出了封锁　破衣烂衫的母亲们在田畴上站起身

露出为儿女们采集口粮的欢笑

母亲们！我敬爱你们！当小米与南瓜汤不能喂养革命

你们就用自己的乳汁养育着历史

战斗的号角吹响的时候　你们纤弱的身影

就在黎明前的风里飘成让我铭记永生的旗语

而我根本无法停止　我要继续升着红旗

歌啊　要唱得更高更长更加嘹亮

声音啊　要传得更久更远更加悠扬

不是说我们只梦想着富强与和平　只梦想青春与葱翠

我们的生活还有更丰富的宝藏

多么鲜艳！多么热烈！

升起来的旗帜哟　飘扬得簌簌作响的旗帜

我听见你的拍击有东海岸的海浪　有西海岸的海浪

沙漠的绿洲也滋滋吸取着甘泉

战士拉练的早晨冒着热气了　那些逶迤的军车

浩浩荡荡　升起来的骄阳映着军车开赴前方

英勇的保卫　就是为了和平跟着时间赛跑比时间更持久

你招展过的地方就是房屋　就是耕地　就是工厂

就是学校　炼钢的火花　或者挤牛奶的手亮起晨光

你拂过了机器　条约　贸易　卸下码头的货物

空气里还蒸着热腾腾的水汽，你飘过头顶

在我的目光里鲜红　在忙碌的人群中呼啸

你始终在我们心里　血里　在我们铮铮作

响的骨骼里

我们打开黎明的帐篷　沐浴太阳的灿烂
你的灿烂

你是我们看得见的太阳　亲手编织的太阳

你抖动的纤维里有我们手心里的汗水　血
管里的血水

我们心底的呼吸合着你的节奏哗哗不止！

【导读】

这首诗最初发表于《诗刊》2001年第6期。

周启垠曾经凭组诗《红星照耀中国》荣获"美岛杯"
全国诗歌大奖赛一等奖,《红藤》获解放军全军文艺新
作品二等奖。他多次在诗歌中用"红色""红藤"象征中
国共产党的光辉历史,尤其是"红藤"反映出艰难攀升、
逐渐壮大的沧桑历程。作者认为为信仰而牺牲乃英雄
之举,富有圣洁的光彩。他在组诗《英雄旗下》首篇"英
雄老家"结尾写道:"村口的英雄躺在一方矮矮的坟墓/
一块心上的钟乳石　呈现出月光的白/它不说话　它沉
默　它静静如英雄长眠的/白骨　它是多么白啊/漫漫
青草风中嘶鸣　像英雄欣慰地低诉。"(《诗刊》2003年
第4期,上半月刊)

【评论链接】

"红诗"是世纪初中国诗坛出现并流行至今的说法。

作为一个形象的概念，"红诗"的宣传性、政治文化意识以及历史文化背景虽使其内涵多义、表象繁复，但就其与"国家主题"的关系而言，二者相互交叉、重叠显然是不言而喻的。……人们或许听到了一种久违的声音：出于对当下社会生活和诗歌创作中各种"小"不满，诗人大声疾呼"重和大"，这使文学应有的关怀与担当重回诗歌创作之中，进而强调了诗歌应有的社会文化功能。"重""大"的出现自然与诗歌作为审美意识形态的特质以及传统意义上的诗歌道德伦理紧密相连，但无论就现实的多重指向、题材对写作的激活，还是关注的心理机制、认知过程而言，其都与一般意义上的诗意"再现"和由种种因素造成的局部关注有着程度的区别。作为一种真正意义上的"想象共同体"，"重""大"应当成为诗歌国家主题呈现过程中最具效果的部分，而其自发性、普泛意识也往往会因凸显诗歌社会功能的本质进而触及诗歌自身若干原初命题。（张立群《世纪初十年中国新诗的国家主题》，《新文学评论》2012 年第 2 期）

37. 党旗下的诉说

陈景文

当思想同追念重逢

我们怎能不千呼百唤

那走向圣洁的所有高贵

那加入云天的一切魂灵

壮烈的故事不必太多

一只红船已将世界叫醒

磅礴的大浪淹没多少细节

一个主义就将旗帜写红

他们的素质综合成了政党的光辉

我们的敬仰亦能让理想纵横

一代一代就这样在感染中风光

烈烈七月骄阳、绵绵四月清明

让我们的身心补充健康

夜夜日日都由烈士的思想构成

你们的形象永远凛然在我们的前方

每每想起就有狭窄的截止和壮阔的航行

信仰的心房是英雄长眠的故乡

不同的性格由他们组成意志的相同

爱的价值令我们将丰收展现

放飞的誓言都是收割的感应

所有的节日都有白色的挽歌

所有的旋律都有红色的痴情

谁说你们已于早年步入陵墓

那里永远是朋友的崇拜和敌人的震惊

肉体走失之日灵魂就已驶进光荣

所以我们必须肩负烈士的重负

跟着送行的白帆继续远征

既然你们用青春预支了成熟

我们就申请在旗帜的火焰中奉献年轻

国家的山河里正行进着雨细风轻

相思你们是我们共同的品质

善良的中国正在朗诵和平

尽管先烈们都有不同的就义方式

与思念会师常常共有一致的发生

那是灵魂血流汇集的共同叮嘱

化作行为走向次日的命名

常以革命的名义前进

就少有蹉跎走错路径

何况有这物欲横流的红尘粉世

何况在这市场经济的暖雨寒风

粉碎所有的轻浮和奢侈

感受己身幸福离不开理解他人苦痛

我们要让景仰成为一种气候

不是每年七月才能喷吐的长虹

烈士指引,我们就是浩然的投奔

白帆浩荡,我们就是伟大的图腾

善于热爱的烈士们的读者

忠诚继续就是纪念的坟茔

不让岁月吹黄一棵小草

才能保持长眠之地的神圣

是牛就以业为荒敬仰埋头苦耕

是马就以路为荣崇尚仰天嘶鸣

我要告诉世界所有的旗帜

中国的红色并不难懂

英勇的先行就是精神的导师

真实恒久自然是对虚假短暂的批评

枕着烈士的长眠我们都在清晰

七月之初的浩荡就会形成

永远景仰的暴雨狂风

检验所有的航行走向

试问有谁能把道路愚弄

挖掘光阴就义的深沉地下

开采岁月飞天的美丽晴空

于英雄们用鲜血抢回的山河

采万顷青翠望千里红枫

"国际歌"声中有我参加的英勇

借春雷问天扫尽落后平庸

无论如何我们都忠诚远方

壮丽的昨日亦是勇士的遗容

烈士们为着今天的跋涉

误了人间多少天伦之情

怎能不由七月平息一下双肩日月

怎能不由一日释放一下旅途尘风

你们血浸的名字

早就筑起了血肉长城

安息吧,你们那永不返航的远行

【导读】

这首诗最初发表于《诗刊》2001年第6期。

陈景文是新时期以来重要的政治抒情诗人,长期任职于出版界,对于社会思潮的变化非常敏感,所以他的诗歌创作多追求重大题材,对党史和国史的重要节点往往有激情而新颖的表达。诗人吉狄马加曾经出席过陈景文的诗歌作品朗诵会,称赞他的多部作品都以激越的情感、丰富的想象、雄健的风格描绘了时代建设的风貌,强烈地感染了读者。中国诗歌学会曾经授予陈景文"时代放歌奖",评价他"以热烈的反响提高了政治抒情诗的声誉,以诗的形式建构了气贯长虹的英雄榜,以恢宏的气氛和多彩的笔墨,描画了世纪风云和历史进步的步伐"。

《党旗下的诉说》也是一部诗集的名字——撷取80年岁月,以100位共产党员为对象,合成一部诗歌中的党史(北方文艺出版社,2001年)。以此为书名,可见作者对"党旗"的深沉情感。诗集出版后,曾被《文艺报》《诗刊》等多家报刊大篇幅转载,再版三次,据《中国图书商报》报道,该书创造了全国诗歌书籍发行的最高纪录。

陈景文认为:"我们要以诗人的独特思维,从哲学的角度提醒人们,社会正在前进,昂扬是社会的主体形象。你不关心国家的冷暖,作为阅读主体的人民凭什么关心你的哼哼叽叽。"(阎延文《让新时代的诗歌走向人

民——著名政治抒情诗人陈景文访谈录》,《诗刊》2002年5月上半月刊)

【评论链接】

作者用如泣如诉的笔调,把一个个"血浸的名字"链接起来,组成了一条长长的彩虹,横贯天际,而我们党80年的辉煌历程,就闪现在这诗的彩带之中。……描写历史,歌咏先烈,则为的是观照现实,反思今天。……因此,诗人在自序《安息吧,永不返航的远行》中写道:"所有的节日都有白色的挽歌/所有的旋律都有红色的痴情/谁说你们已于早年步入陵墓/那里永远是朋友的崇拜和敌人的震惊/肉体走失之日灵魂就已步入光荣/所以我们必须肩负烈士的重任/跟着送行的白帆继续远征。"(梅庆吉、徐秀梅《心香泪洒祭英灵——读陈景文新作〈党旗下的诉说〉》,《全国新书目》2001年7月)

38. 中国梦(节选)

严 阵

我们需要一个新的梦

需要一个

新的

中国梦

你幸福吗

我幸福

我比任何时候都幸福

可幸福并不仅仅是

有了一间房

有了一辆车

有了一块地

你美丽吗

我美丽

我比任何时候都美丽

可美丽并不仅仅是

修了眉

染了发

整了容

我们需要一个新的梦

需要一个

新的

中国梦

我们的许多幸福

是在那些

狂风暴雨里

我们的许多幸福

是在那些

炮火硝烟里

我们的许多幸福

是在那些

雷鸣电闪里

我们的许多幸福

是在那些

惊涛骇浪里

是在我们经历过的

那些狂风暴雨里

是在我们穿越过的

那些炮火硝烟里

是在我们承受过的

那些电闪雷鸣里

是在我们战胜过的

那些惊涛骇浪里

因为跋涉就是幸福

因为奋斗就是幸福

因为奉献就是幸福

因为胜利就是幸福

我们需要一个新的梦

需要一个

新的

中国梦

我们的许多美丽

是在我们的心脏里

我们的许多美丽

是在我们的血管里

我们的许多美丽

是在我们的微笑里

我们的许多美丽

是在我们的灵魂里

是我们心脏里

坚守的信仰

是我们血管里

坚定的信念

是我们微笑里

流露的爱心

是我们灵魂里

固有的精神

因为有信仰就是美丽

因为有信念就是美丽

因为有爱心就是美丽

因为有精神就是美丽

我们需要一个新的梦

需要一个

新的

中国梦

……

【导读】

　　2012 年 11 月 6 日，党的十八大召开前夕，《人民日报》刊发了严阵的一幅诗画作品《中国梦》，引起了广泛关注和好评。

　　严阵表示，这首诗是应《人民日报》的邀约创作的，也反映了自己长期以来的思考，"用了一个小时便一气呵成"。中国在完成了许多既定梦想之后，到了一个需要新梦想的关键时刻，到了一个需要重新认识自己、重新认识世界的时刻。因此，《中国梦》整首诗中不断重复的主旋律便是："我们需要一个新的梦，/需要一个/新的/中国梦。"

　　严阵说："政治抒情诗如果只是歌颂成就，说些无关痛痒的话，那是没有意义的。既然要写，就要尽到诗人的职责。"他在《中国梦》中特别提到了中国目前正面临的8种危险——冷漠、庸俗、忘却、麻木、浮躁、盲目、自误、自腐，每一种都可能"置我们于死地"。因此，他觉得需要提醒大家，"即使在最成功的时候，中华民族仍面临着危机，需要我们时刻警惕"。这首诗在《人民日报》发表时只字未改，尤其让他感到惊喜。

对于同时发表的油画《中国梦》，严阵说："党的十八大召开之前，我接到人民日报社一位编辑的电话，他们要我写一首诗，迎接党的十八大。当时我正在创作一幅画，它的题目就叫《中国梦》。

这幅油画是用中国五千年来一些代表性的元素，或具有现代特征的许多标志加上色彩或线条融合而成的。这幅画的目的就是要表达中国人民若干年来如何追求自己的梦想，人们经过了无数次的斗争、失败、胜利，有的梦想一个一个实现了，还有梦想等待我们去努力实现。

我想，《中国梦》那幅画是我用色彩写的诗，那么我就把这幅画的色彩再变成文字，就叫《中国梦》。"

后　记

本书的主题是呈现与梳理现代诗歌与革命、与共产党建设和发展的内在关系。

有几个理论问题必须首先廓清。首先，现代诗歌发展史比中国共产党的历史略早，但是同时空发展一个世纪之久，作为时代生活镜像的诗歌，反映党史是毫无疑问的。只不过以何种形态、有哪些作品、艺术水准如何、诗歌史的演进与党史发展轨迹是否同步，是值得深思的问题。

其次，从中国现代文学史下沉到现代诗歌史，是一种聚焦；从现代诗歌史中抽绎出党史的内涵，显然是再次聚焦。这就可能产生研究视角的摇摆，即究竟是以诗歌为本位去筛选作品，还是以党史为本位去筛选作品，二者兼容的契合点是什么?

再次,是否侧重政治抒情诗?或者最后变成政治抒情诗选的编年?这要从两个角度来看。一方面,政治抒情诗中反映党史演进关键节点的,可以入选,以呈现"史"的轨迹。另一方面,只是抒发政治情感,却没有针对具体党史节点的,暂不入选,这也是为了保证入选作品在反映党史层面上的一致性和连续性。

最后,之所以采用"现代诗歌"的范围限定,是因为现代诗歌的外延比新诗的外延要大,如果限于新诗,如毛泽东等人的旧体诗词就无法入选,而那些作品不仅艺术水准很高,而且艺术地呈现了党史上的重大事件,不能不纳入考察视野。

因此,就文学史发展与党史交织发展的线索来看,应该划分以下主要阶段:建党前夕(青春歌赞)、二十世纪三十年代(左翼诗歌和苏区诗歌)、抗战时期("七月"派和解放区)、"十七年"时期、二十世纪八九十年代(归来的歌)、二十一世纪以来。

就文体来说,以新诗为主,也必须包含毛泽东等革命家以旧体诗词为形式创作的典范作品,因为他们的很多诗歌不仅是党史发展的坐标,而且艺术水准很高。就内容来说,包括记录、纪念、歌颂、反思百年党史事件和人物,抒发对革命理想的思考与理解的典范诗歌。就诗歌审美思维来说,共产党人对于党史现场的书写,是当事者对于自己所参与、创造的历史的书写;一般作家对于党史的回顾,是对历史创造者和历史创造过程的书写,属于不同的审美想象方式。所以,要注意区分"场内体验"与"场外感受"。

这就决定了本书的编撰体例,为了突出"诗"与"史"的互相辉映,必须按照创作时间编排,每篇选诗后面做简单导读,交代创作背景和主要艺术内涵,另外设计了"评论链接",链接相关观点,以助深度理解。这不仅是为了体现"史"的演进轨迹,更可借此反映出共产党人对创造历史的信心、对革命理想的信念、对历史的反思,也利于反映中国共产党领导的革命事业发生的广泛影响,在广阔的空间里相互交织,构成了斑斓多彩的精神画面。这其中最为典型的,莫过于1949年下半年,当北京的诗人们都开始了对新生共和国的歌颂,重庆渣滓洞的共产党人仍在黑牢里忍受酷刑、渴望光明、反抗黑暗,留下了《狱中八条》,至今对党的组织建设和党员教育仍有极为重要的意义。再如二十世纪末,"归来的诗人群"和"朦胧诗人群"的历史反思与"歌唱祖国",奏出了雄浑而深沉的交响。

编　者